Arthur Rimbaud | Mein traurig Herz voll Tabaksaft

Arthur Rimbaud gilt durch Werke wie *Ein Aufenthalt in der Hölle* und *Illuminationen* neben Baudelaire und Verlaine als Wegbereiter der modernen Lyrik. »Ich sage, dass man ein Seher werden, sich zum Seher machen muss. [...] Die Dichtung wird die Tat nicht mehr besingen, sie wird ihr vorauseilen«, schreibt Rimbaud in den berühmten »Seher«-Briefen.

Arthur Rimbaud (1854–1891) begann im Alter von fünfzehn Jahren zu schreiben und floh mit sechzehn aus der Provinz nach Paris. Mit neunzehn Jahren verfasste er sein letztes dichterisches Werk, *»Une saison en enfer«* (Ein Aufenthalt in der Hölle) und führte danach ein unstetes Wanderleben zwischen Nordeuropa, Fernost und Afrika.

Dr. sc. Karlheinz Barck, geboren 1934, ist Projektleiter für Theorie und Geschichte ästhetischen Denkens am Zentrum für Literaturforschung in Berlin. Bei Reclam Leipzig gab er zuletzt mit heraus: *Aisthesis. Wahrnehmung heute oder Perspektiven einer anderen Ästhetik.* (RBL 1352, 6. Aufl. 1998).

Arthur Rimbaud
Mein traurig Herz voll Tabaksaft

Gedichte

französisch und deutsch

Herausgegeben
und mit einem Essay
von Karlheinz Barck

RECLAM
LEIPZIG

Besuchen Sie uns im Internet:
www.reclam.de

Reclam Bibliothek Leipzig, Band 20062
Neuausgabe des Bandes Arthur Rimbaud: Gedichte

1. Auflage, 2003
Reihengestaltung: Gabriele Burde | Kurt Blank-Markard
Umschlaggestaltung: Gabriele Burde
Gesetzt aus ITC Slimbach
Satz: Reclam Verlag Leipzig
Druck und Bindung: Reclam, Ditzingen
Printed in Germany
ISBN 3-379-20062-X

INHALT

Illuminations | Illuminationen 1873–1875

AN ARTHUR RIMBAUD

Du tot! - tot! - tot! - - - Doch, wie es dein Gesetz war - gut,
Du weißer Neger, du zu wildem, starkem Glanz
Gebildeter - und selber Bildner hohen Stands ...
Ah, tot! - - - Doch in mir lebend! Tausendfache Glut

Des Wunders, das mir heilig im Gedächtnis ruht,
Mehr denn alles Erlebten grandioser Kranz
Aus tausend Feuerstößen, lodernd heißem Tanz,
Aus gutem Glauben, keuscher Liebe, stolzer Wut!

Du Dichter, der du starbst, wie du es dir ersehnt,
Fern von Paris, von London, die du stets verpönt!
Mir lebt es: dieser Zeichnung kindliches Gesicht,

Kostbare Gabe einer ganz naiven Hand; den je
Noch Kommenden auf ewig ein erneutes Licht!
Rimbaud! *Pax tecum sit! Dominus sit cum te!*

Paul Verlaine
(in der Nachdichtung von Albrecht Schoenhals)

Poésies | Gedichte

1870–1871

SENSATION

Par les soirs bleus d'été, j'irai dans les sentiers,
Picoté par les blés, fouler l'herbe menue :
Rêveur, j'en sentirai la fraîcheur à mes pieds.
Je laisserai le vent baigner ma tête nue.

Je ne parlerai pas, je ne penserai rien :
Mais l'amour infini me montera dans l'âme,
Et j'irai loin, bien loin, comme un bohémien,
Par la Nature, – heureux comme avec une femme.

Mars 1870.

OPHÉLIE

I

Sur l'onde calme et noire où dorment les étoiles
La blanche Ophélia flotte comme un grand lys,
Flotte très lentement, couchée en ses longs voiles...
– On entend dans les bois lointains des hallalis.

Voici plus de mille ans que la triste Ophélie
Passe, fantôme blanc, sur le long fleuve noir ;
Voici plus de mille ans que sa douce folie
Murmure sa romance à la brise du soir.

Le vent baise ses seins et déploie en corolle
Ses grands voiles bercés mollement par les eaux ;
Les saules frissonnants pleurent sur son épaule,
Sur son grand front rêveur s'inclinent les roseaux.

Les nénuphars froissés soupirent autour d'elle ;
Elle éveille parfois, dans un aune qui dort,
Quelque nid, d'où s'échappe un petit frisson d'aile :
– Un chant mystérieux tombe des astres d'or.

EMPFINDUNG

An blauen Abenden, auf Sommerpfaden,
An Ähren, die mich kitzeln, streif ich hin:
Geh, meinen bloßen Kopf im Wind zu baden
Und spüre unterm Fuß das frische Grün.

Ich spreche, denke nicht, doch steigt dem Träumer
Unendlich Liebe in die Seele lau.
Durch die Natur streif ich wie ein Zigeuner,
Weithin – und glücklich wie mit einer Frau.

Klaus Möckel

OPHELIA

I

Wo stumm die Sterne ruhn, auf Wassern, still und bleiern,
Treibt, einer Lilie gleich, Ophelia weiß dahin,
Treibt langsam hin, in ihren langhin wallnden Schleiern . . .
– Aus fernen Wäldern hallt der Hörner Halalin.

Seit tausend Jahrn nun treibt Ophelia hin voll Trauer,
Ein weißer Schemen, auf dem Fluß, der dunkel zieht;
Seit tausend Jahrn nun murmelt leis im Abendschauer
Ihr süßes Irresein sein altes Liebeslied.

Der Wind küßt ihre Brust und wölbt die Schleier-Seiden,
Die weich die Welle wiegt, als Blumenkelch empor;
Auf ihre Schulter weinen wehnde Trauerweiden,
Auf ihre hohe Traumstirn neigt sich tief das Rohr.

Die Wasserrosen, die sie knickte, hauchen Klagen;
Bisweilen weckt sie auf, im Erlenbaum am Hang,
Ein Nest, das sacht sich regt mit leisem Flügelschlagen:
– Aus Goldgestirnen tönt geheimnisvoller Sang.

II

Ô pâle Ophélia ! belle comme la neige !
Oui tu mourus, enfant, par un fleuve emporté !
– C'est que les vents tombant des grands monts de Norvège
T'avaient parlé tout bas de l'âpre liberté ;

C'est qu'un souffle, tordant ta grande chevelure,
À ton esprit rêveur portait d'étranges bruits ;
Que ton cœur écoutait le chant de la Nature
Dans les plaintes de l'arbre et les soupirs des nuits ;

C'est que la voix des mers folles, immense râle,
Brisait ton sein d'enfant, trop humain et trop doux ;
C'est qu'un matin d'avril, un beau cavalier pâle,
Un pauvre fou, s'assit muet à tes genoux !

Ciel ! Amour ! Liberté ! Quel rêve, ô pauvre Folle !
Tu te fondais à lui comme une neige au feu :
Tes grandes visions étranglaient ta parole
– Et l'Infini terrible effara ton œil bleu !

III

– Et le Poète dit qu'aux rayons des étoiles
Tu viens chercher, la nuit, les fleurs que tu cueillis,
Et qu'il a vu sur l'eau, couchée en ses longs voiles,
La blanche Ophélia flotter, comme un grand lys.

II

Bleiche Ophelia, du, schön wie die schneeenen Blachen!
Du starbst ja, noch ein Kind, ein Strom ach! riß dich fort.
- Weil dir von hoher, herber Freiheit flüsternd sprachen
Die Stürme, die herniederfuhrn aus bergigem Nord;

Weil dir ein fremder Wind, der dir das Haar zerwühlte,
Seltsame Laute in den Geist und Sinn gebracht;
Weil ganz dein Herz die Stimme der Natur erfühlte
In dem Geächz des Walds und im Geseufz der Nacht;

Weil das Gebrüll des Meers, wie Riesenbrust-Gezitter,
Dein Kinderherz zerbrach, dem Sanftmut nur verliehn;
Weil eines Frühlingstags ein schöner blasser Ritter,
Ein armer Narr, sich stumm niederließ dir zu Knien.

Himmel! Liebe! Freiheit! o Törin, welch ein Träumen!
Du schmolzest an ihm wie an Glut ein Flocken-Fall:
Dein Wort erstickte in der Schau von Geister-Räumen
- Und deinen blauen Blick erschreckte irr das All.

III

- Der Dichter sagt, daß, nachts, in strahlnden Sternen-Feiern,
Du, die du pflücktest, suchen kommst der Blumen Nähn,
Und daß er auf den Wassern, weiß, in ihren Schleiern,
Wie eine Lilie hat Ophelia treiben sehn!

Helmut Bartuschek

BAL DES PENDUS

Au gibet noir, manchot aimable,
Dansent, dansent les paladins,
Les maigres paladins du diable,
Les squelettes de Saladins.

Messire Belzébuth tire par la cravate
Ses petits pantins noirs grimaçant sur le ciel,
Et, leur claquant au front un revers de savate,
Les fait danser, danser aux sons d'un vieux Noël !

Et les pantins choqués enlacent leurs bras grêles :
Comme des orgues noirs, les poitrines à jour
Que serraient autrefois les gentes damoiselles,
Se heurtent longuement dans un hideux amour.

Hurrah ! Les gais danseurs, qui n'avez plus de panse !
On peut cabrioler, les tréteaux sont si longs !
Hop ! qu'on ne sache plus si c'est bataille ou danse !
Belzébuth enragé racle ses violons !

Ô durs talons, jamais on n'use sa sandale !
Presque tous ont quitté la chemise de peau :
Le reste est peu gênant et se voit sans scandale.
Sur les crânes, la neige applique un blanc chapeau :

Le corbeau fait panache à ces têtes fêlées,
Un morceau de chair tremble à leur maigre menton :
On dirait, tournoyant dans les sombres mêlées,
Des preux, raides, heurtant armures de carton.

Hurrah ! La bise siffle au grand bal des squelettes !
Le gibet noir mugit comme un orgue de fer !
Les loups vont répondant des forêts violettes :
À l'horizon, le ciel est d'un rouge d'enfer...

Holà, secouez-moi ces capitans funèbres
Qui défilent, sournois, de leurs gros doigts cassés

BALL DER GEHENKTEN

An schwarzen Galgens Winkearm
Tanzt Satans Knechtsvolk um die Wette,
Der magren Paladine Schwarm,
Der Saladine Skelette.

Messire Beelzebub zerrt an den Hanfkrawatten
Die schwarzen Puppen, die dem Himmel Fratzen ziehn,
Klatscht den Pantoffel ihnen ins Gesicht, den platten,
Läßt tanzen, tanzen sie nach Weihnachtsmelodien!

Das Hampelvolk, geschubst, fällt sich in Knochenarme:
Wie Orgeln schwarz die offne Brust im Winde kühl,
Und wo es Fräuleins einst gepreßt mit ihrem Charme,
Da treibt es lange jetzt ein gräßlich Liebesspiel.

Hurra! Kein Schmerbauch stört die Tänzer mehr beim Springen!
Das Schaugerüst ist breit, da hüpft sichs froh dahin!
Hopp! Daß, ob Schlacht, ob Tanz nicht mehr herauszubringen,
Kratzt wütend Beelzebub auf seiner Violin!

O harte Fersen, nie verbraucht sich die Sandale!
Fast alle sagten sie dem Hemd der Haut ade:
Was bleibt, belästigt kaum und reizt nicht zum Skandale.
Die nackten Schädel ziert mit weißem Hut der Schnee:

Der Rab, ein Federbusch, auf diesen Rappelköpfen,
Ein Fetzen Fleisch bebt noch an ihrem magren Kinn:
Ein düsteres Gewühl von steifen Heldentröpfen,
Im Harnisch aus Karton gibt sichs dem Kampfe hin.

Hurra! Der Nordwind pfeift beim Prunkball der Skelette!
Der schwarze Galgen ächzt im Eisenorgelton!
In lila Wäldern heulen Wölfe um die Wette:
Man sieht den Himmelsrand in Höllenfarben lohn ...

So schüttle mir die Wichtigtuer, Gruftpropheten,
Die mit gebrochnen Fingern an den Rippen bleich

Un chapelet d'amour sur leurs pâles vertèbres :
Ce n'est pas un moustier ici, les trépassés !

Oh ! voilà qu'au milieu de la danse macabre
Bondit dans le ciel rouge un grand squelette fou
Emporté par l'élan, comme un cheval se cabre :
Et, se sentant encore la corde raide au cou,

Crispe ses petits doigts sur son fémur qui craque
Avec des cris pareils à des ricanements,
Et, comme un baladin rentre dans la baraque,
Rebondit dans le bal au chant des ossements.

Au gibet noir, manchot aimable,
Dansent, dansent les paladins,
Les maigres paladins du diable,
Les squelettes de Saladins.

LES EFFARÉS

Noirs dans la neige et dans la brume,
Au grand soupirail qui s'allume,
Leurs culs en rond

À genoux, cinq petits, – misère ! –
Regardent le boulanger faire
Le lourd pain blond...

Ils voient le fort bras blanc qui tourne
La pâte grise, et qui l'enfourne
Dans un trou clair.

Ils écoutent le bon pain cuire.
Le boulanger au gras sourire
Chante un vieil air.

Verstockt der Liebe Rosenkranz herunterbeten:
He, ihr Verblichenen, hier ist kein Nonnenreich!

Und mitten im makabren Tanz fährt auf im Sprunge
Ein irr Skelett zum Himmel, der in Glut entbrannt,
Aufbäumend wie ein Pferd, gejagt vom eignen Schwunge,
Spürend am Halse straff des Strickes Würgehand,

Krampft um die Schenkelknochen, daß sie knacken, seine
Zehn dürren Finger, und mit höhnischem Geschrei
Springt es zurück zum Ball der klappernden Gebeine:
Ein Komödiant aufs Schaupodest der Gaukelei.

An schwarzen Galgens Winkearm
Tanzt Satans Knechtsvolk um die Wette,
Der magren Paladine Schwarm,
Der Saladine Skelette.

Klaus Möckel

DIE VERZÜCKTEN

Im Schnee, schwarz vor den Kellerluken,
Die hell im Nebelfrost, da gucken
Auf Knien – o Not! –

Die kleinen Hintern in der Ronde,
Fünf Wichte, wie man backt das blonde,
Das schwere Brot;

Schaun, wie den Teig die starken Arme
Durchkneten; wie das Loch, das warme,
Dafür schon glüht.

Das gute Brot, das summt so lecker!
Mit feistem Lächeln grunzt der Bäcker
Ein altes Lied.

Ils sont blottis, pas un ne bouge,
Au souffle du soupirail rouge,
        Chaud comme un sein.

Et quand, pendant que minuit sonne,
Façonné, pétillant et jaune,
        On sort le pain,

Quand, sous les poutres enfumées,
Chantent les croûtes parfumées,
        Et les grillons,

Quand ce trou chaud souffle la vie
Ils ont leur âme si ravie
        Sous leurs haillons,

Ils se ressentent si bien vivre,
Les pauvres petits pleins de givre !
        - Qu'ils sont là, tous,

Collant leurs petits museaux roses
Au grillage, chantant des choses,
        Entre les trous,

Mais bien bas, - comme une prière...
Repliés vers cette lumière
        Du ciel rouvert,

- Si fort, qu'ils crèvent leur culotte,
- Et que leur lange blanc tremblote
        Au vent d'hiver...

20 septembre 1870.

LE DORMEUR DU VAL

C'est un trou de verdure où chante une rivière
Accrochant follement aux herbes des haillons
D'argent; où le soleil, de la montagne fière,
Luit: c'est un petit val qui mousse de rayons.

Da hocken sie – es regt sich keines –
Im Schwalm des roten Feuerscheines,
Warm wie ein Nest. –

– Wenn man die Brote frisch herauslegt,
Geformt wie Kuchen, und sie austrägt
Zum Mittnachtfest,

Wenn zu den Balken, den verrußten,
Das Knistern steigt der braunen Krusten,
Der Heimchen Lied,

Wenn dieses Loch da, Freude sendend
In ihren Lumpen, Leben spendend,
Ihr Herz durchzieht,

Dann spürn sie wohlig sich erwarmen,
Die Jesulein, im Reif, die armen,
So daß sie leis

Ans Gitter ihre Mäulchen kleben,
Die rosigen, und zwischen Stäben
Da etwas heiß

Hermurmeln: dumme Kindgebete,
Weil sie in dieser Himmelsröte
Geborgen sind;

So heiß, daß durch geplatzte Hose
Die Hemdenzipfel flattern, lose
Im Winterwind.

Albrecht Schoenhals

DER SCHLÄFER IM TAL

Ein grüner winkel den ein bach befeuchtet
Der toll das gras mit silberflecken säumt ·
Wohin vom stolzen berg die sonne leuchtet
Ein kleiner wasserfall von strahlen schäumt.

Un soldat jeune, bouche ouverte, tête nue,
Et la nuque baignant dans le frais cresson bleu,
Dort; il est étendu dans l'herbe, sous la nue,
Pâle dans son lit vert où la lumière pleut.

Les pieds dans les glaïeuls, il dort. Souriant comme
Sourirait un enfant malade, il fait un somme :
Nature, berce-le chaudement : il a froid.

Les parfums ne font pas frissonner sa narine ;
Il dort dans le soleil, la main sur sa poitrine
Tranquille. Il a deux trous rouges au côté droit.

Octobre 1870.

MA BOHÈME (FANTAISIE)

Je m'en allais, les poings dans mes poches crevées ;
Mon paletot aussi devenait idéal ;
J'allais sous le ciel, Muse ! et j'étais ton féal ;
Oh ! là ! là ! que d'amours splendides j'ai rêvées !

Mon unique culotte avait un large trou.
– Petit-Poucet rêveur, j'égrenais dans ma course
Des rimes. Mon auberge était à la Grande-Ourse.
– Mes étoiles au ciel avaient un doux frou-frou

Et je les écoutais, assis au bord des routes,
Ces bons soirs de septembre où je sentais des gouttes
De rosée à mon front, comme un vin de vigueur ;

Où, rimant au milieu des ombres fantastiques,
Comme des lyres, je tirais les élastiques
De mes souliers blessés, un pied près de mon cœur !

Ein kriegsmann jung barhaupt mit offnem munde
Den nacken badend in dem blauen kraut
Schläft unter freiem himmel · bleich · am grunde
Gestreckt · im grünen bett vom licht betaut.

Ein strauch deckt seine füße. Wie ein kind
Lächelnd das krank ist hält er seinen schlummer.
Natur umhüll ihn warm! es friert ihn noch.

Ihm zuckt die nase nicht vom duftigen wind.
Er schläft im sonnenschein · die hand auf stummer
Brust – auf der rechten ist ein rotes loch.

Stefan George

MEIN ZIGEUNERLEBEN

In den zerrissenen Taschen die Hände drin,
In einem Rock, der auch schon nicht irdisch schien;
In der einzigen Hose ein großes Loch – so ging er
Stolz einher unterm Himmel, Muse, dein Jünger!

Ich träumte prächtige Liebesträume.
Auf meinen Wegen machte ich Reime.
Am Gasthof zum großen Bären kehrte ich ein.
Am Himmel knisterte süß der Sterne Schein.

Und ich lauschte, in den Graben gesetzt,
Der schönen Septembernacht, wo der Tau mir kühl
Gleich einem Weine der Kraft die Stirne genetzt.

Und dichtend inmitten phantastischer Schatten Ruhe,
Zog ich wie an einem Saitenspiel
An den Elastiken meiner zerrissenen Schuhe.

K. L. Ammer

LES CORBEAUX

Seigneur, quand froide est la prairie,
Quand dans les hameaux abattus,
Les longs angelus se sont tus…
Sur la nature défleurie
Faites s'abattre des grands cieux
Les chers corbeaux délicieux.

Armée étrange aux cris sévères,
Les vents froids attaquent vos nids !
Vous, le long des fleuves jaunis,
Sur les routes aux vieux calvaires,
Sur les fossés et sur les trous
Dispersez-vous, ralliez-vous !

Par milliers, sur les champs de France,
Où dorment des morts d'avant-hier,
Tournoyez, n'est-ce pas, l'hiver,
Pour que chaque passant repense !
Sois donc le crieur du devoir,
Ô notre funèbre oiseau noir !

Mais, saints du ciel, en haut du chêne,
Mât perdu dans le soir charmé,
Laissez les fauvettes de mai
Pour ceux qu'au fond du bois enchaîne,
Dans l'herbe d'où l'on ne peut fuir,
La défaite sans avenir.

TÊTE DE FAUNE

Dans la feuillée, écrin vert taché d'or,
Dans la feuillée incertaine et fleurie
De fleurs splendides où le baiser dort,
Vif et crevant l'exquise broderie,

DIE RABEN

Herr, wenn die Wiesen winterkahl,
Wenn in den Dörfern, trist und kalt,
Kein Angelusgeläut mehr hallt ...
Laß auf das Land, entblättert, fahl,
Vom Himmel hoch der Raben Scharen,
Der lieben, teuren, niederfahren.

Heer seltsam und mit rauhem Schrei,
Die Nester schüttelt kalter Wind!
An Flüssen hin, die schlammig sind,
Auf Straßen, in der Wüstenei
Von Galgenbergen, Gräben, Rainen,
Schwärmt aus, um neu euch zu vereinen!

Hin über Frankreichs Felder weht,
Wo Tote ruhn gestriger Zeit,
Kreist tausendfach, im Winter weit,
Daß jeder nachdenkt, der da geht!
Gemahne an die Pflicht uns, Rufer,
O Vogel, du, vom dunklen Ufer!

Doch, Heilge ihr, auf Eichen stolz,
Den Masten nackt im Abendlicht,
Vertreibt die Maienvögel nicht:
Trost denen, die im Unterholz
Im Gras gebannt, der Niederlage
Verkettet sind für alle Tage.

Klaus Möckel

FAUNSKOPF

Im Laub, dem grünen, goldgefleckten Schrein,
Im Laub, in dem ein Goldkuß schläft, im Flimmern
Lichtheller Blüten – reißt die Stickerein
Jäh auseinander weißer Zähne Schimmern

Un faune effaré montre ses deux yeux
Et mord les fleurs rouges de ses dents blanches
Brunie et sanglante ainsi qu'un vin vieux
Sa lèvre éclate en rires sous les branches.

Et quand il a fui – tel qu'un écureuil –
Son rire tremble encore à chaque feuille
Et l'on voit épeuré par un bouvreuil
Le Baiser d'or du Bois, qui se recueille.

CHANT DE GUERRE PARISIEN

Le Printemps est évident, car
Du cœur des Propriétés vertes,
Le vol de Thiers et de Picard
Tient ses splendeurs grandes ouvertes

Ô Mai ! quels délirants culs-nus !
Sèvres, Meudon, Bagneux, Asnières,
Écoutez donc les bienvenus
Semer les choses printanières !

Ils ont schako, sabre et tam-tam,
Non la vieille boîte à bougies
Et des yoles qui n'ont jam, jam...
Fendent le lac aux eaux rougies !

Plus que jamais nous bambochons
Quand arrivent sur nos tanières
Crouler les jaunes cabochons
Dans des aubes particulières !

Thiers et Picard sont des Éros,
Des enleveurs d'héliotropes,
Au pétrole ils font des Corots :
Voici hannetonner leurs tropes...

Und Augenfunkeln, blickt hervor ein Faun,
Verliebt dreht rote Blumen er im Rachen:
Blutvoll wie alter Wein und öligbraun
Birst seine Lippe, unterm Laub, vor Lachen.

Und als er, wie ein Eichhorn, flugs entweicht,
Perlt sein Gelächter lang noch aus den Zweigen …
Du spähst: – ein Gimpel schreit, der waldein streicht,
Und wieder sinkt des Waldes Kuß ins Schweigen.

Helmut Bartuschek

PARISER KRIEGSGESANG

Der Frühling ist da, sonnenklar.
Man siehts, denn zum Flug aus dem Grünen
Setzen an die Herrn Thiers und Picard,
Uns mit glänzenden Dingen zu dienen!

O Mai, welche Nacktärsche süß!
Asnières, Bagneux und Meudon,
Schaut her, was sie säen, genießt
Der Gäste lieb Frühlingschanson!

Mit Säbel, mit Helm und Tam-Tam,
Die alte Fanfare nur fehlt,
So haben in Jollen sie stramm
Des Sees rote Wasser durchstrählt!

Wir kommen wie nie aus dem Lot,
Wenn auf uns herab sich erbricht
Im seltsamen Frühmorgenrot
Der Schnecken, der gelben, Gezücht.

Welch Götter: Thiers und Picard,
Zerstörer von Heliotropen –
Sie maln mit Petroleum gar
Corots – was für schrille Synkopen.

Ils sont familiers du Grand Truc !...
Et couché dans les glaïeuls, Favre
Fait son cillement aqueduc,
Et ses reniflements à poivre !

La grand'ville a le pavé chaud,
Malgré vos douches de pétrole,
Et décidément, il nous faut
Vous secouer dans votre rôle...

Et les Ruraux qui se prélassent
Dans de longs accroupissements,
Entendront des rameaux qui cassent
Parmi les rouges froissements !

MES PETITES AMOUREUSES

Un hydrolat lacrymal lave
        Les cieux vert-chou :
Sous l'arbre tendronnier qui bave,
        Vos caoutchoucs

Blancs de lunes particulières
        Aux pialats ronds,
Entrechoquez vos genouillères
        Mes laiderons !

Nous nous aimions à cette époque,
        Bleu laideron !
On mangeait des œufs à la coque
        Et du mouron !

Un soir, tu me sacras poète,
        Blond laideron :
Descends ici, que je te fouette
        En mon giron ;

Mit Lug sind und Trug sie per Du!
Und Favre, im Siegwurz versteckt,
Kneift schniefend das Tränauge zu.
Als hätte er Pfeffer geleckt.

Das Pflaster der Großstadt ist Glut,
Fließt auch der Petroleumregen –
Nur eins tut euch not und uns gut:
Daß bald wir das Handwerk euch legen.

Dann werden die träge-bequemen
»Ruraux«, die da hocken in Reihn,
Das Knacken der Äste vernehmen,
Unterm roten Mühlenstein!

Klaus Möckel

MEINE KLEINEN GELIEBTEN

Ein Hydrolat aus Tränen laugt
    Kohlgrüne Himmel bleich:
Am Knospenbaum, der sich voll Speichel saugt,
    In Regenplanen gleich

Seltsamen Monden, weißfleckigen Scheiben,
    Ronden, Siegeln aus Eis,
Reibt, meine häßlichen Weibchen,
    Eurer Kniescheiben Kreis!

Das war die Zeit, da wir uns liebten,
    Blaugefiederte, Häßliche du!
Wir schlürften Weißei und Dotter
    Und Vogelfutter dazu!

Du weihtest mich abends zum Dichter,
    Weib, blond und anmutslos:
Komm herab, damit ich dich strieme
    In meinem Schoß;

J'ai dégueulé ta bandoline,
    Noir laideron ;
Tu couperais ma mandoline
    Au fil du front.

Pouah ! mes salives desséchées,
    Roux laideron,
Infectent encore les tranchées
    De ton sein rond !

Ô mes petites amoureuses,
    Que je vous hais !
Plaquez de fouffes douloureuses
    Vos tétons laids !

Piétinez mes vieilles terrines
    De sentiment ;
– Hop donc ! soyez-moi ballerines
    Pour un moment !...

Vos omoplates se déboîtent,
    Ô mes amours !
Une étoile à vos reins qui boitent,
    Tournez vos tours !

Et c'est pourtant pour ces éclanches
    Que j'ai rimé !
Je voudrais vous casser les hanches
    D'avoir aimé !

Fade amas d'étoiles ratées,
    Comblez les coins !
– Vous crèverez en Dieu, bâtées
    D'ignobles soins !

Sous les lunes particulières
    Aux pialats ronds,
Entrechoquez vos genouillères,
    Mes laiderons !

Deine Pomade, schwarze, häßliche Dirne,
Habe ich ausgespien;
Du zerschnittest mit deiner Stirne
Die Melodien.

Puh! meine gedörrte Spucke,
Rotes, häßliches Weib,
Verpestet noch heut die Kanülen
In deinem Leib!

O meine kleinen Geliebten,
So groß ist mein Haß!
Hüllt eure häßlichen Brüste
In Tücher, schmerzlich und blaß!

Traktiert die alten Terrinen
Meiner Gefühlsseligkeit;
– Hopp! seid meine Ballerinen
Für kurze Zeit! ...

In euren Schultergelenken,
O welcher Verschleiß!
Ein Stern an den Lenden, mag er euch schwenken,
Euch Häßliche im Kreis!

Und doch – bei euch Hammelschragen
Hab ich Reime gesiebt.
Ich möcht euch die Hüften zerschlagen,
Ach, daß ich geliebt!

O fader Schwarm verlöschender Kometen,
Gehäuft im Eckgeviert!
– Ihr werdet in die Hausweibsjoche treten,
Bis ihr bigott krepiert!

Seltsame Monde, weißfleckige Scheiben,
Ronden, Siegel aus Eis,
Reibt, meine häßlichen Weiber,
Eurer Kniescheiben Kreis!

Uwe Grüning

ACCROUPISSEMENTS

Bien tard, quand il se sent l'estomac écœuré,
Le frère Milotus, un œil à la lucarne
D'où le soleil, clair comme un chaudron récuré,
Lui darde une migraine et fait son regard darne,
Déplace dans les draps son ventre de curé.

Il se démène sous sa couverture grise
Et descend, ses genoux à son ventre tremblant,
Effaré comme un vieux qui mangerait sa prise,
Car il lui faut, le poing à l'anse d'un pot blanc,
À ses reins largement retrousser sa chemise !

Or, il s'est accroupi, frileux, les doigts de pied
Repliés, grelottant au clair soleil qui plaque
Des jaunes de brioche aux vitres de papier;
Et le nez du bonhomme où s'allume la laque
Renifle aux rayons, tel qu'un charnel polypier.
. . . .

Le bonhomme mijote au feu, bras tordus, lippe
Au ventre : il sent glisser ses cuisses dans le feu,
Et ses chausses roussir, et s'éteindre sa pipe;
Quelque chose comme un oiseau remue un peu
À son ventre serein comme un monceau de tripe !

Autour, dort un fouillis de meubles abrutis
Dans des haillons de crasse et sur de sales ventres;
Des escabeaux, crapauds étranges, sont blottis
Aux coins noirs : des buffets ont des gueules de chantres
Qu'entrouvre un sommeil plein d'horribles appétits.

L'écœurante chaleur gorge la chambre étroite;
Le cerveau du bonhomme est bourré de chiffons.
Il écoute les poils pousser dans sa peau moite,
Et parfois, en hoquets fort gravement bouffons
S'échappe, secouant son escabeau qui boite...
. . . .

NIEDERGEHOCKT

Spätmorgens, bei des Magens widerlichem Ziehn,
Rührt Bruder Milotus den Pfarrersbauch im Bette,
Den Blick am Lukenspalt, von wo die Sonne ihn,
Ein Kochtopf, blank, als ob man sie gescheuert hätte,
Mit Kopfweh pfählt, ins Auge sticht mit spitzem Glühn.

Er wälzt sich, strampelt unter seiner grauen Decke,
Steigt aus den Federn dann, die Knie am Leib, der bebt,
Verstört, als ob, ein Greis, am Schnupftabak er schlecke,
Und während er das Hemd über die Lenden hebt,
Rückt seine Hand den weißen Nachttopf schon vom Flecke!

So hockt, die Zehen eingekrümmt, er fröstelnd jetzt
Und bibbernd in der Sonne hell, die gelb Oblaten
Auf die papierverklebten Fensterscheiben setzt;
Des Biedermannes Nase, wie in Lack gebraten,
Schnieft, wabbliges Molluskentier, von Licht benetzt.
. . . .

Am Fenster schmort der Mann, die Lippe bis zum Bauche:
Verschränkt die Arme, spürt am Schenkel er die Glut,
Die Pfeife geht ihm aus, die Hose dampft im Rauche;
Und plötzlich, unten, dort wo das Gedärme ruht,
Regt etwas wie ein Vogel sich mit leichtem Hauche!

Ringsum schläft ein Gewirr von Möbeln, alt und dumpf,
Auf schmutzgen Bäuchen und in fettig-faden Lappen;
Die Schemel kauern, Kröten, in den Winkeln stumpf:
Halb öffnen die Buffets die Kirchensängersklappen,
Denn Träume, schrecklich lustvoll, gehn durch ihren Rumpf.

Speiüble Wärme flutet durch den Raum, den engen;
Das Hirn des Biedermanns ist voll von Lumpendreck.
Auf schlaffer Haut hört er hervor die Haare drängen,
Und manchmal rutscht der Hocker hinkend ihm vom Fleck,
Hat komisch-finster ihn ein Schlucken in den Fängen . . .
. . . .

Et le soir, aux rayons de lune, qui lui font
Aux contours du cul des bavures de lumière,
Une ombre avec détails s'accroupit, sur un fond
De neige rose ainsi qu'une rose trémière...
Fantasque, un nez poursuit Vénus au ciel profond.

LE CŒUR DU PITRE

Mon triste cœur bave à la poupe,
Mon cœur est plein de caporal :
Ils y lancent des jets de soupe,
Mon triste cœur bave à la poupe :
Sous les quolibets de la troupe
Qui pousse un rire général,
Mon triste cœur bave à la poupe,
Mon cœur est plein de caporal !

Ithyphalliques et pioupiesques
Leurs insultes l'ont dépravé !
À la vesprée ils font des fresques
Ithyphalliques et pioupiesques.
Ô flots abracadabrantesques,
Prenez mon cœur, qu'il soit sauvé :
Ithyphalliques et pioupiesques
Leurs insultes l'ont dépravé !

Quand ils auront tari leurs chiques,
Comment agir, ô cœur volé ?
Ce seront des refrains bachiques
Quand ils auront tari leurs chiques :
J'aurai des sursauts stomachiques
Si mon cœur triste est ravalé :
Quand ils auront tari leurs chiques,
Comment agir, ô cœur volé ?

Mai 1871.

Und abends, bei des Mondes Schimmer, der ihm sacht
Mit lichten Nähten malt das Rund der Hinterflanken,
Hockt hin sich, auf dem Grund von rosa Schnee, bedacht,
Ein Schatten, gleichend einem Stock mit Rosenranken ...
Bizarre Nase, die empor zur Venus lacht.

Klaus Möckel

DAS HERZ DES HAMPELMANNS

Mein Herz speit aus auf der Schaluppe,
Mein traurig Herz voll Tabaksaft:
Sie schleudern Flatschen drauf von Suppe,
Mein Herz speit aus auf der Schaluppe:
Beim zotigen Gespött der Truppe
Und dem Gelächter ekelhaft,
Mein Herz speit aus auf der Schaluppe,
Mein traurig Herz voll Tabaksaft!

Phalluserektisch, muschkoteskisch
Ihr Schmähen hat es depraviert!
Zur Vesper machen gar sie's freskisch
Phalluserektisch, muschkoteskisch.
O Fluten abrakadabreskisch,
Mein Herz nehmt, eh es sich verliert:
Phalluserektisch, muschkoteskisch
Ihr Schmähen hat es depraviert!

Wenn sie den Priem dann ausgesogen,
Bestohlen Herz, was soll geschehn?
Sie schwimmen auf des Bacchus Wogen,
Wenn sie den Priem dann ausgesogen:
Mein Magen hebt sich, ungelogen,
Weil sie mein traurig Herz so schmähn:
Wenn sie den Priem dann ausgesogen,
Bestohlen Herz, was soll geschehn?

Klaus Möckel

L'ORGIE PARISIENNE OU PARIS SE REPEUPLE

Ô lâches, la voilà ! Dégorgez dans les gares !
Le soleil essuya de ses poumons ardents
Les boulevards qu'un soir comblèrent les Barbares.
Voilà la Cité sainte, assise à l'occident !

Allez ! on préviendra les reflux d'incendie,
Voilà les quais, voilà les boulevards, voilà
Les maisons sur l'azur léger qui s'irradie
Et qu'un soir la rougeur des bombes étoila !

Cachez les palais morts dans des niches de planches !
L'ancien jour effaré rafraîchit vos regards.
Voici le troupeau roux des tordeuses de hanches :
Soyez fous, vous serez drôles, étant hagards !

Tas de chiennes en rut mangeant des cataplasmes,
Le cri des maisons d'or vous réclame. Volez !
Mangez ! Voici la nuit de joie aux profonds spasmes
Qui descend dans la rue. Ô buveurs désolés,

Buvez ! Quand la lumière arrive intense et folle,
Fouillant à vos côtés les luxes ruisselants,
Vous n'allez pas baver, sans geste, sans parole,
Dans vos verres, les yeux perdus aux lointains blancs ?

Avalez, pour la Reine aux fesses cascadantes !
Écoutez l'action des stupides hoquets
Déchirants ! Écoutez sauter aux nuits ardentes
Les idiots râleux, vieillards, pantins, laquais !

Ô cœurs de saleté, bouches épouvantables,
Fonctionnez plus fort, bouches de puanteurs !
Un vin pour ces torpeurs ignobles, sur ces tables...
Vos ventres sont fondus de hontes, ô Vainqueurs !

PARIS LEBT AUF

Steigt aus, ihr Feiglinge! Vor eueren Blicken liegt
Paris. Der Sonne heiße Lungen brausten
Die Straßen rein, in denen einst die Deutschen hausten.
Da liegt die heilige Stadt, im Westen hingeschmiegt.

Steigt aus, kein Grund, daß ihr vor Feuersbrünsten zittert!
Seht die Boulevards und Quais, sie liegen unversehrt,
Die Häuser stehn im leichten Blau, das sich verklärt,
Das früher roter Bombenknall erschüttert!

Hüllt in Gerüste die verstorbenen Paläste!
Der Schreckenstag von einst erfrischte euch die Sinnen.
Da kommt die rote Schar der Hüftendreherinnen,
Legt alle Scheuheit ab und feiert tolle Feste!

Ein Haufen geiler Bestien, der nach Unrat giert,
Ruft euch der Schrei der goldnen Häuser, die euch mißten.
Die Freudennacht ist da mit ihren tiefen Lüsten,
Die auf die Straße stieg: eßt, trinkt, stehlt, jubiliert!

Und wenn das Licht erscheint, das tolle, grelle Licht,
Und rieselnder Reichtum rollt euch mitten in den Schoß,
Wird einer sein, der dann nicht wort- und regungslos,
Die stieren Augen starr, sich in sein Glas erbricht!

Freßt, sauft! Der Königin Kallipygos zuliebe!
Hört ihr denn nicht die andern glucksen schon und schlingen,
Hört ihr sie nicht im Rausch der glühenden Nächte springen,
Ihr Müßiggänger, Greise, Gecken, Tagediebe?

Ihr gieren Mäuler, Herzen schlapp und schwach,
O pfui, seid ihr schon tot, ihr Mäuler voll Gestänken?
Wein auf den Tisch, die laxen Schwächlinge zu tränken!
Ihr Sieger, eure Bäuche sind Fondants der Schmach!

Ouvrez votre narine aux superbes nausées !
Trempez de poisons forts les cordes de vos cous !
Sur vos nuques d'enfants baissant ses mains croisées
Le Poète vous dit : « Ô lâches, soyez fous !

Parce que vous fouillez le ventre de la Femme,
Vous craignez d'elle encore une convulsion
Qui crie, asphyxiant votre nichée infâme
Sur sa poitrine, en une horrible pression.

Syphilitiques, fous, rois, pantins, ventriloques,
Qu'est-ce que ça peut faire à la putain Paris,
Vos âmes et vos corps, vos poisons et vos loques ?
Elle se secouera de vous, hargneux pourris !

Et quand vous serez bas, geignant sur vos entrailles,
Les flancs morts, réclamant votre argent, éperdus,
La rouge courtisane aux seins gros de batailles
Loin de votre stupeur tordra ses poings ardus !

Quand tes pieds ont dansé si fort dans les colères,
Paris ! quand tu reçus tant de coups de couteau,
Quand tu gis, retenant dans tes prunelles claires
Un peu de la bonté du fauve renouveau,

Ô cité douloureuse, ô cité quasi morte,
La tête et les deux seins jetés vers l'Avenir
Ouvrant sur ta pâleur ses milliards de portes,
Cité que le Passé sombre pourrait bénir :

Corps remagnétisé pour les énormes peines,
Tu rebois donc la vie effroyable ! tu sens
Sourdre le flux des vers livides en tes veines,
Et sur ton clair amour rôder les doigts glaçants !

Et ce n'est pas mauvais. Les vers, les vers livides
Ne gêneront pas plus ton souffle de Progrès
Que les Stryx n'éteignaient l'œil des Cariatides
Où des pleurs d'or astral tombaient des bleus degrés. »*

* Diese Strophe wurde von K. L. Ammer nicht übertragen. Übersetzung des Herausgebers

Mit herrlichem Gerülps nehmt eure Nasen voll,
Flößt starke Gifte ein den Sehnen und Gelenken,
Auf euren Nacken will die Hand der Dichter senken
Und ruft euch zu: Seid toll, ihr Schwächlinge, seid toll!

Weil ihr den Schoß der Frau durchwühlt,
So habt ihr Angst vor ihrem schreienden Krampfe,
Der wild auf ihrer Brust in fürchterlichem Kampfe
Erstickt die Schandbrut, die aus eurem Samen quillt?

Ihr Syphilitiker, ihr Gauklerpack, ihr Puppen,
Was nützen eure Gifte, eure Fetzen,
Was nützt ihr selbst Paris, der größten aller Metzen?
Sie streift euch ab, Verseuchte, wie sich Schlangen schuppen.

Und während, auf die Eingeweide hingefallen,
Ihr dann mit wunder Brust um euer Geld wehschreit,
Wird voller Hohn und Kraft die Kurtisane, weit
Von eurer Schmach, die festen Fäuste ballen.

Und wenn, Paris, du dann, die Füße müd vom Tanz
Im Zorn, von Messern deine Brust durchstochen,
Darniederliegst, im hellen Auge ungebrochen
Vom Frühling einen milden, guten Glanz;

Du totengleiche Stadt, du Stadt vom Schmerz geweiht,
Dein Haupt und deine Brüste zugewandt dem Hoffen,
Mit seinen tausend Pforten deiner Blässe offen,
Du Stadt, die die Vergangenheit schon benedeit;

Du Körper, neu zu unermeßner Qual erweckt,
Du fühlst das fürchterliche Leben neu erstehn,
Fühlst, wie die fahlen Würmer durch die Adern gehn,
Wie sich die kalte Hand nach deiner Liebe streckt;

Und gar nicht schlecht. Die Würmerverse fahl geblieben
Hemmen deinen Fortschrittsatem nicht
Wie auch die Nachtvögel das Aug' der Karytiden nicht blendeten
Wo sternengoldene Tränen fielen aus blauen Graden.

Quoique ce soit affreux de te revoir couverte
Ainsi ; quoiqu'on n'ait fait jamais d'une cité
Ulcère plus puant à la Nature verte,
Le Poète te dit : « Splendide est ta Beauté ! »

L'orage te sacra suprême poésie ;
L'immense remuement des forces te secourt ;
Ton œuvre bout, la mort gronde, Cité choisie !
Amasse les strideurs au cœur du clairon sourd.

Le Poète prendra le sanglot des Infâmes,
La haine des Forçats, la clameur des Maudits ;
Et ses rayons d'amour flagelleront les Femmes.
Ses strophes bondiront : Voilà ! voilà ! bandits !

– Société, tout est rétabli : – les orgies
Pleurent leur ancien râle aux anciens lupanars :
Et les gaz en délire, aux murailles rougies,
Flambent sinistrement vers les azurs blafards !

Mai 1871.

LES MAINS DE JEANNE-MARIE

Jeanne-Marie a des mains fortes,
Mains sombres que l'été tanna,
Mains pâles comme des mains mortes.
– Sont-ce des mains de Juana ?

Ont-elles pris les crèmes brunes
Sur les mares des voluptés ?
Ont-elles trempé dans des lunes
Aux étangs de sérénités ?

Ont-elles bu des cieux barbares,
Calmes sur les genoux charmants ?
Ont-elles roulé des cigares
Ou trafiqué des diamants ?

Und wenn dein Anblick auch noch so entsetzlich ist,
Und wenn man auch noch niemals eine blühende Stadt
Zu einem solchen Schwärenherd erniedrigt hat,
So sagt der Dichter doch: Wie herrlich schön du bist!

Der Sturm hat dich geweiht, der Sturm hat dich verklärt,
Der Kräfte Riesenkreislauf war dir nur Genesen.
Es fault dein Werk, es grollt das Meer. Du, auserlesen,
Was kümmert dich das Volk, das nicht den Weckruf hört!

Im Mund des Dichters wird das Wort zur wilden Klage,
Zum Haß der Sträflinge, zum Schreie der Verfluchten,
Sein hohes Lied zum Schrecken der Verruchten,
Und seine Liebe für das Weib zum Geißelschlage.

Und alles ist wie einst: und grell und sinnlich brennt
Die Fackel toller Lüste durch die alte Nacht,
Und halten an der Wand Gasflammen ihre Wacht
Und leuchten trübe in das blasse Firmament.

K. L. Ammer

DIE HÄNDE DER JEANNE-MARIE

Jeanne-Marie hat kräftige Hände,
Braungegerbt vom Sommerwind,
Bleich als ob den Tod sie fände.
– Obs Juanas Hände sind?

Wurden dunkel sie durch weiche
Cremes im Dienst der Lust allein?
Tauchten etwa sie im Teiche
Heitern Mondlichts tändelnd ein?

Ruhten, nippend von Barbaren –
Himmeln, sie auf sanftem Knie?
Rollten sie vielleicht Zigarren,
Tauschten Diamanten sie?

Sur les pieds ardents des Madones
Ont-elles fané des fleurs d'or ?
C'est le sang noir des belladones
Qui dans leur paume éclate et dort.

Mains chasseresses des diptères
Dont bombinent les bleuisons
Aurorales, vers les nectaires ?
Mains décanteuses de poisons ?

Oh ! quel Rêve les a saisies
Dans les pandiculations ?
Un rêve inouï des Asies,
Des Khenghavars ou des Sions ?

– Ces mains n'ont pas vendu d'oranges,
Ni bruni sur les pieds des dieux :
Ces mains n'ont pas lavé les langes
Des lourds petits enfants sans yeux.

Ce ne sont pas mains de cousine
Ni d'ouvrières aux gros fronts
Que brûle, aux bois puant l'usine,
Un soleil ivre de goudrons.

Ce sont des ployeuses d'échines,
Des mains qui ne font jamais mal,
Plus fatales que des machines,
Plus fortes que tout un cheval !

Remuant comme des fournaises,
Et secouant tous ses frissons,
Leur chair chante des Marseillaises
Et jamais les Eleisons !

Ça serrerait vos cous, ô femmes
Mauvaises, ça broierait vos mains,
Femmes nobles, vos mains infâmes
Pleines de blancs et de carmins.

Rankten sie um der Madonnen
Heiße Füße welkes Gold?
Schwarzes Blut der Belladonnen
Durch die Adern brennend rollt.

Hände, Fliegen zu verjagen,
Surrend, blau, im Morgenrot,
Die sich an den Nektar wagen?
Hände, filternd Gift und Tod?

Als sie sich gestreckt, welch Feuer
Fiel auf ihre Glieder her?
Traum aus Asien, ungeheuer,
Zion oder Khengawer?

– Windeln augenloser Kinder
Wuschen diese Hände nie.
Nicht Orangensaft noch blinder
Götzenglaube bräunte sie.

Es sind nicht Kusinchens Hände,
Nicht der Waldarbeiterin;
Teerschwarz durch des Meilers Brände
Und der Sonne trunknes Glühn.

Hände, jedes Rückgrat beugend,
Düstrer als Maschinen noch,
Aber nie zu Bösem neigend,
Stärker als ein Pferd im Joch.

Wallend wie im Schmelzbad Eisen
Feind dem Fieber, das sie quält,
Singt ihr Fleisch nie das »Eleison«,
Nur die »Marseillaise« zählt.

Diese Hände drückten eure
Hälse zu, ihr noblen Fraun,
Brächen das infame, teure
Händchen euch, so zart zu schaun.

L'éclat de ces mains amoureuses
Tourne le crâne des brebis !
Dans leurs phalanges savoureuses
Le grand soleil met un rubis !

Une tache de populace
Les brunit comme un sein d'hier ;
Le dos de ces Mains est la place
Qu'en baisa tout Révolté fier !

Elles ont pâli, merveilleuses,
Au grand soleil d'amour chargé,
Sur le bronze des mitrailleuses
À travers Paris insurgé !

Ah ! quelquefois, ô Mains sacrées,
À vos poings, Mains où tremblent nos
Lèvres jamais désenivrées,
Crie une chaîne aux clairs anneaux !

Et c'est un soubresaut étrange
Dans nos êtres, quand, quelquefois,
On veut vous déhâler, Mains d'ange,
En vous faisant saigner les doigts !

LES SŒURS DE CHARITÉ

Le jeune homme dont l'œil est brillant, la peau brune,
Le beau corps de vingt ans qui devrait aller nu,
Et qu'eût, le front cerclé de cuivre, sous la lune
Adoré, dans la Perse, un Génie inconnu,

Impétueux avec des douceurs virginales
Et noires, fier de ses premiers entêtements,
Pareil aux jeunes mers, pleurs de nuits estivales
Qui se retournent sur des lits de diamants ;

Dieser Hände Liebesglühen
Wird der Lämmer Hirn befrein!
Und der Sonne groß Rubin
Ist ihr Ring und Edelstein!

Braun vom Mal des Volks wie Brüste,
Die das Gestern sacht verbrennt!
Solcher Hände Rücken küßte
Voller Stolz der Insurgent!

Bleich in jener Sonne Größe,
Die mit Liebe heiß bewehrt,
Bleich auf bronzner Mitrailleuse
Im Paris, das sich empört!

Ach, manchmal, geweihte Hände,
Schreien dort, wo unser Mund
Trunken stets euch küssen könnte,
Einer Kette Eisen rund!

Und der Sinn will es nicht fassen,
Wenn sie euch dann, ungeniert,
Engelshände, bluten lassen,
Bis die Bräune ihr verliert.

Klaus Möckel

DIE BARMHERZIGEN SCHWESTERN

Der Jüngling, funkelnd hellen Augs, gebräunter Haut,
O daß kein Kleid des Leibes Schönheit wehrt!
Hätte ein Weiser Persiens ihn im Schmuck geschaut,
Er hätt im Mondkreis ihn als Gott verehrt,

So düster, ungestüm, an Anmut reich,
Jungfräulich, stolz, bedrängt von Eigensinn,
Den Meeren, jung, der Sommernächte Tränen gleich –
In diamantnen Betten ziehn sie hin;

Le jeune homme, devant les laideurs de ce monde
Tressaille dans son cœur largement irrité,
Et plein de la blessure éternelle et profonde,
Se prend à désirer sa sœur de charité.

Mais, ô Femme, monceau d'entrailles, pitié douce,
Tu n'es jamais la sœur de charité, jamais,
Ni regard noir, ni ventre où dort une ombre rousse,
Ni doigts légers, ni seins splendidement formés.

Aveugle irréveillée aux immenses prunelles,
Tout notre embrassement n'est qu'une question :
C'est toi qui pends à nous, porteuse de mamelles,
Nous te berçons, charmante et grave Passion.

Tes haines, tes torpeurs fixes, tes défaillances,
Et les brutalités souffertes autrefois,
Tu nous rends tout, ô Nuit pourtant sans malveillances,
Comme un excès de sang épanché tous les mois.

– Quand la femme, portée un instant, l'épouvante,
Amour, appel de vie et chanson d'action,
Viennent la Muse verte et la Justice ardente
Le déchirer de leur auguste obsession.

Ah ! sans cesse altéré des splendeurs et des calmes,
Délaissé des deux Sœurs implacables, geignant
Avec tendresse après la science aux bras almes,
Il porte à la nature en fleur son front saignant.

Mais la noire alchimie et les saintes études
Répugnent au blessé, sombre savant d'orgueil ;
Il sent marcher sur lui d'atroces solitudes.
Alors, et toujours beau, sans dégoût du cercueil,

Qu'il croie aux vastes fins, Rêves ou Promenades
Immenses, à travers les nuits de Vérité,
Et t'appelle en son âme et ses membres malades,
Ô Mort mystérieuse, ô sœur de charité.

Juin 1871.

Er, der voll Schmerz sich hintergangen wähnt
Von dieser Erden Häßlichkeit und List,
Die Wunden tragend, unvernarbt und tief, ersehnt
Sich eine Schwester, die barmherzig ist.

Du Weib, Gebirge an Gefühl und Mitleid, bist
Ihm die barmherzig-treue Schwester nie,
Rothaariger Schatten du auf eines Leibes Rist,
Schwarzauge, Brüste zärtlicher Magie,

Brustwarzen, Wimper, die das Auge deckt,
Wie gleicht Umarmung einer Frage schon:
Die uns bedrängt, du Blinde, unerweckt,
Verführerische, bittere Passion.

Betäubungsstarre, Schwäche, haßerfüllter Blick
Und unsre Roheit, oft von dir empfunden,
Du gibst sie ohne Bosheit uns zurück,
Wie Monatsblut maßlos entströmt den Wunden.

– Wenn ihn verstört die Frau, ertragen kurze Zeit,
Kommen als Liebe, Ruf nach Leben, Bann
Absinth und glühende Gerechtigkeit
Mit ihrem Wahn, der ihn zernichten kann.

Verschmäht von beiden Schwestern, deren Widerstreit
Mit Glanz und Dumpfheit marterte sein Hirn,
Im Wissen suchend Trost voll Zärtlichkeit,
Trägt zur Natur er seine wunde Stirn.

Enttäuschung nur und dumpfen Schmerz bereiten
Ihm Alchimie und Zauberwortgetön;
Er spürt, wie grausend über ihn die Einsamkeiten schreiten,
Den Sarg nicht fürchtend und noch immer schön,

Träum von Erfüllung er, träum er von Fahrten wieder
Durch Wahrheitsnächte, sternenlos und weit,
Zur Seele ruft er, Tod dich, in die kranken Glieder,
Mysterium, Schwester der Barmherzigkeit.

Uwe Grüning

VOYELLES

A noir, E blanc, I rouge, U vert, O bleu : voyelles,
Je dirai quelque jour vos naissances latentes :
A, noir corset velu des mouches éclatantes
Qui bombinent autour des puanteurs cruelles,

Golfes d'ombre ; E, candeurs des vapeurs et des tentes,
Lances des glaciers fiers, rois blancs, frissons d'ombelles ;
I, pourpres, sang craché, rire des lèvres belles
Dans la colère ou les ivresses pénitentes ;

U, cycles, vibrements divins des mers virides,
Paix des pâtis semés d'animaux, paix des rides
Que l'alchimie imprime aux grands fronts studieux ;

O, suprême Clairon plein des strideurs étranges,
Silences traversés des Mondes et des Anges :
– O l'Oméga, rayon violet de Ses Yeux !

L'ÉTOILE A PLEURÉ ROSE…

L'étoile a pleuré rose au cœur de tes oreilles,
L'infini roulé blanc de ta nuque à tes reins
La mer a perlé rousse à tes mammes vermeilles
Et l'Homme saigné noir à ton flanc souverain.

VOKALE

A schwarz E weiß I rot U grün O blau – vokale
Einst werd ich euren dunklen ursprung offenbaren:
A: schwarzer samtiger panzer dichter mückenscharen
Die über grausem stanke schwirren · schattentale.

E: helligkeit von dämpfen und gespannten leinen ·
Speer stolzer gletscher · blanker fürsten · wehn von dolden.
I: purpurn ausgespienes blut · gelach der Holden
Im zorn und in der trunkenheit der peinen.

U: räder · grünlicher gewässer göttlich kreisen ·
Ruh herdenübersäter weiden · ruh der Weisen
Auf deren stirne schwarzkunst drückt das mal.

O: seltsames gezisch erhabener posaunen ·
Einöden durch die erd- und himmelsgeister raunen.
Omega – ihrer augen veilchenblauer strahl.

Stefan George

RAUSCHENDE MUSCHEL IST DEIN OHR …

Rauschende Muschel ist dein Ohr, das Sterne weinend küßten.
Vom Haupt zur Lende schlug Unendlichkeit den weißen Bann.
Das Meer warf Rosenperlen aus zu deinen Purpurbrüsten.
An deines Schoßes dunkler Macht verblutet sich der Mann …

Albrecht Schoenhals

LE BATEAU IVRE

Comme je descendais des Fleuves impassibles,
Je ne me sentis plus guidé par les haleurs :
Des Peaux-Rouges criards les avaient pris pour cibles
Les ayant cloués nus aux poteaux de couleurs.

J'étais insoucieux de tous les équipages,
Porteur de blés flamands ou de cotons anglais.
Quand avec mes haleurs ont fini ces tapages
Les Fleuves m'ont laissé descendre où je voulais.

Dans les clapotements furieux des marées,
Moi, l'autre hiver, plus sourd que les cerveaux d'enfants,
Je courus ! Et les Péninsules démarrées
N'ont pas subi tohu-bohus plus triomphants.

La tempête a béni mes éveils maritimes.
Plus léger qu'un bouchon j'ai dansé sur les flots
Qu'on appelle rouleurs éternels de victimes,
Dix nuits, sans regretter l'œil niais des falots !

Plus douce qu'aux enfants la chair des pommes sûres,
L'eau verte pénétra ma coque de sapin
Et des taches de vins bleus et des vomissures
Me lava, dispersant gouvernail et grappin.

Et dès lors, je me suis baigné dans le Poème
De la Mer, infusé d'astres, et lactescent,
Dévorant les azurs verts ; où, flottaison blême
Et ravie, un noyé pensif parfois descend ;

Où, teignant tout à coup les bleuités, délires
Et rythmes lents sous les rutilements du jour,
Plus fortes que l'alcool, plus vastes que nos lyres,
Fermentent les rousseurs amères de l'amour !

DAS TRUNKENE SCHIFF

Hinab glitt ich die Flüsse, von träger Flut getragen,
Da fühlte ich: es zogen die Treidler mich nicht mehr.
Sie waren, von Indianern ans Marterholz geschlagen,
Ein Ziel an buntem Pfahle, Gejohle um sich her.

Ich scherte mich den Teufel um Männer und um Frachten;
Wars flämisch Korn, wars Wolle, mir war es einerlei.
Vorbei war der Spektakel, den sie am Ufer machten,
Hinunter gings die Flüsse, wohin, das stand mir frei.

Derweil die Tide tobte und klatschte an den Dämmen,
Flog ich, und es war Winter, wie Kinderhirne stumpf,
Dahin. Und wär es möglich, daß jemals Inseln schwämmen,
Kein solcher Gischt umbraust' sie, kein ähnlicher Triumph.

Ein leichter Korken, tanzt ich dahin auf steiler Welle:
Die erste Meerfahrt haben die Stürme benedeit.
Von solcher Welle heißt es, sie töte und sie fälle –
Die albernen Laternen der Häfen blieben weit!

So süß kann Kindermündern kein grüner Apfel schmecken,
Wie mir das Wasser schmeckte, das grün durchs Holz mir drang.
Rein wuschs mich vom Gespeie und von den Blauweinflecken,
Fort schleudert es das Steuer, der Draggen barst und sank.

Des Meers Gedicht! Jetzt konnt ich mich frei darin ergehen,
Grünhimmel trank ich, Sterne, taucht ein in milchigen Strahl
Und konnt die Wasserleichen zur Tiefe gehen sehen:
Ein Treibgut, das versonnen und selig war und fahl.

Die Rhythmen und Delirien, das Blau im rauchigen Schleier,
Verfärbt sind sie im Nu hier, versengt sind sie, verzehrt:
So brannte noch kein Branntwein, kein Lied und keine Leier,
Wie hier das bittre Rostrot der Liebe brennt und gärt!

Je sais les cieux crevant en éclairs, et les trombes
Et les ressacs et les courants : je sais le soir,
L'Aube exaltée ainsi qu'un peuple de colombes,
Et j'ai vu quelquefois ce que l'homme a cru voir !

J'ai vu le soleil bas, taché d'horreurs mystiques,
Illuminant de longs figements violets,
Pareils à des acteurs de drames très-antiques
Les flots roulant au loin leurs frissons de volets !

J'ai rêvé la nuit verte aux neiges éblouies,
Baiser montant aux yeux des mers avec lenteurs,
La circulation des sèves inouïes,
Et l'éveil jaune et bleu des phosphores chanteurs !

J'ai suivi, des mois pleins, pareille aux vacheries
Hystériques, la houle à l'assaut des récifs,
Sans songer que les pieds lumineux des Maries
Pussent forcer le mufle aux Océans poussifs !

J'ai heurté, savez-vous, d'incroyables Florides
Mêlant aux fleurs des yeux de panthères à peaux
D'hommes ! Des arcs-en-ciel tendus comme des brides
Sous l'horizon des mers, à de glauques troupeaux !

J'ai vu fermenter les marais énormes, nasses
Où pourrit dans les joncs tout un Léviathan !
Des écroulements d'eaux au milieu des bonaces,
Et les lointains vers les gouffres cataractant !

Glaciers, soleils d'argent, flots nacreux, cieux de braises !
Échouages hideux au fond des golfes bruns
Où les serpents géants dévorés des punaises
Choient, des arbres tordus, avec de noirs parfums !

J'aurais voulu montrer aux enfants ces dorades
Du flot bleu, ces poissons d'or, ces poissons chantants.
– Des écumes de fleurs ont bercé mes dérades
Et d'ineffables vents m'ont ailé par instants.

Ich weiß, wie Himmel bersten, ich kenn die Dämmerungen,
Die Strömung und die Dünung, die Woge, die sich bäumt,
Die Früh – verzückt wie Tauben, die sich emporgeschwungen,
Und manchmal sah mein Auge, was Menschenauge träumt.

Ich sah die Sonne hängen – mystisch geflecktes Grauen,
Und violett, geronnen, Leuchtstreifen, endlos weit,
Und sah die Fluten schaufeln und groß die Bühne bauen,
Ein Schauspiel sah ich spielen, das alt war wie die Zeit!

Im Traum sah ich die Schneenacht, die grüne, sich erheben:
Ein Kuß stieg zu den Augen der Meeres-Au empor.
Ein Kreisen wars von Säften, ein unerhörtes Weben,
Und blau und gelb erwachte der singende Phosphor!

Ich folgt und folgt der Horde von wildgewordnen Kühen:
Der See, die Klippen stürmte, folgt ich auf ihrem Ritt.
Vergessen wart ihr, Füße der leuchtenden Marien:
Hier keuchten Meeresmäuler – sie schloß kein Heiligentritt!

Wißt ihr, ich lief auf Land auf, wie ihrs nicht schaut im Traume:
Des Menschenpanthers Augen – den Blumen beigesellt!
Ich sah im weitgespannten, im Regenbogenzaume
Flutgrün die Herden ziehen am Grund der Meereswelt.

Ich sah, wie's in den Sümpfen, den Riesenreusen, gärte,
Darin den Leviathan, verwesend zwischen Tang.
Und Wasserstürze sah ich, wo sich die Stille mehrte,
Und schaute, wie die Ferne zur Tiefe niedersank!

Sah Gletscher, Silbersonnen, Gluthimmel, Perlmuttfluten,
Den braunen Golf, wo greulich ein Wrack beim andern steht,
Und sah die Riesenschlange, ein Fraß der Wanzenbruten,
Vom Krüppelbaume fallen, von schwarzem Duft umweht!

Wo seid ihr, Kinderaugen, zu schaun die Herrlichkeiten?
Das Schuppengold der Welle, den Goldfisch, der da singt!
– Dies schaumumblühte Driften, dies Zwischen-Blumen-Gleiten!
Der Wind, der Wind unsäglich, der meine Fahrt beschwingt!

Parfois, martyr lassé des pôles et des zones,
La mer dont le sanglot faisait mon roulis doux
Montait vers moi ses fleurs d'ombre aux ventouses jaunes
Et je restais, ainsi qu'une femme à genoux...

Presque île, ballottant sur mes bords les querelles
Et les fientes l'oiseaux clabaudeurs aux yeux blonds.
Et je voguais, lorsqu'à travers mes liens frêles
Des noyés descendaient dormir, à reculons !

Or moi, bateau perdu sous les cheveux des anses,
Jeté par l'ouragan dans l'éther sans oiseau,
Moi dont les Monitors et les voiliers des Hanses
N'auraient pas repêché la carcasse ivre d'eau ;

Libre, fumant, monté de brumes violettes,
Moi qui trouais le ciel rougeoyant comme un mur
Qui porte, confiture exquise aux bons poètes,
Des lichens de soleil et des morves d'azur,

Qui courais, taché de lunules électriques,
Planche folle, escorté des hippocampes noirs,
Quand les juillets faisaient crouler à coups de triques
Les cieux ultramarins aux ardents entonnoirs ;

Moi qui tremblais, sentant geindre à cinquante lieues
Le rut des Béhémots et les Maelstroms épais,
Fileur éternel des immobilités bleues,
Je regrette l'Europe aux anciens parapets !

J'ai vu des archipels sidéraux ! et des îles
Dont les cieux délirants sont ouverts au vogueur :
– Est-ce en ces nuits sans fond que tu dors et t'exiles,
Million d'oiseaux d'or, ô future Vigueur ? –

Und litt ich Pein, der Pole und Wendekreise müde,
So schluchzt' es in den Wassern, ich schlingerte dahin,
Mit gelbem Saugnapf tauchte empor die Schattenblüte –
Ein Weib, so blieb ich liegen, ein Weib auf Weibesknien.

Gewölle und Gezänke hab ich an Bord genommen,
Ich war das Vogel-Eiland – blond äugte, was da flog.
Ich trieb mit loser Spante, ich schwamm und ward
durchschwommen:
Ein Leichnam um den andern, der rücklings schlafwärts zog.

Und ich – verstrickt, verloren im Haar geheimer Buchten,
Hinauf ins Vogellose geworfen vom Orkan:
Sie fahren nicht, die Klipper, die Koggen, die mich suchten,
Des wassertrunknen Rumpfes nimmt sich kein Schlepptau an.

Frei war ich und ich rauchte, von Nebelblau bestiegen,
Ich stieß durch Feuerhimmel, ich stieß sie alle ein,
Und was den Dichtern mundet, das fühlt ich auf mir liegen:
Es waren Sonnenflechten, es war azurner Schleim.

Ich – mondgefleckt, elektrisch: die toll gewordne Planke!
Seepferdchen kam in Scharen und war mein schwarzer Troß.
Ihr Himmel blau und tiefblau, ich sah euch alle wanken,
Ich sah, wie euch der Juli durch Glutentrichter goß!

Der Behemoth, der Malstrom durchstöhnte jene Breiten,
Ich spürte beider Brunstlaut – ein Schauder ging durch mich,
Ich schwamm und schwamm durch blaue, durch
Regungslosigkeiten –
Europa, deine Wehren, die alten misse ich!

Und ich sah Inselsterne, sah Archipele ragen,
Darüber Fieberhimmel – das Tor der Wanderschaft!
– Hats dich dorthin, ins Nächtige und Nächtigste verschlagen,
Du goldnes Vogeltausend, du künftige, du Kraft?

Mais, vrai, j'ai trop pleuré ! Les Aubes sont navrantes.
Toute lune est atroce et tout soleil amer :
L'âcre amour m'a gonflé de torpeurs enivrantes.
Ô que ma quille éclate ! Ô que j'aille à la mer !

Si je désire une eau d'Europe, c'est la flache
Noire et froide où vers le crépuscule embaumé
Un enfant accroupi plain de tristesses, lâche
Un bateau frêle comme un papillon de mai.

Je ne puis plus, baigné de vos langueurs, ô lames,
Enlever leur sillage aux porteurs de cotons,
Ni traverser l'orgueil des drapeaux et des flammes,
Ni nager sous les yeux horribles des pontons.

Doch wahr, genug des Weines! Der Morgen muß enttäuschen.
Ob Nacht-, ob Taggestirne, keins, das nicht bitter wär:
Ich schwoll von herber Liebe, erstarrt in Liebesräuschen –
O du mein Kiel, zersplittre! Und über mir sei, Meer!

Und gäb es in Europa ein Wasser, das mich lockte,
So wärs ein schwarzer Tümpel, kalt, in der Dämmernis,
An dem dann eins der Kinder, voll Traurigkeiten, hockte
Und Boote, falterschwache, und Schiffchen segeln ließ'.

Wen du umschmiegt hast, Woge, um den ist es geschehen,
Der zieht nicht hinter Frachtern und Baumwollträgern her!
Wie komm ich da vorüber, wo sich die Fahnen blähen,
Und wo die Brücken glotzen, da schwimm ich nimmermehr!

Paul Celan

Vers nouveaux | Neue Verse

1872

QU'EST-CE POUR NOUS, MON CŒUR...

Qu'est-ce pour nous, mon cœur, que les nappes de sang
Et de braise, et mille meurtres, es les longs cris
De rage, sanglots de tout enfer renversant
Tout ordre ; et l'Aquilon encore sur les débris

Et toute vengeance ? Rien !... – Mais si, tout encor,
Nous la voulons ! Industriels, princes, sénats,
Périssez ! puissance, justice, histoire, à bas !
Ça nous est dû. Le sang ! le sang ! la flamme d'or !

Tout à la guerre, à la vengeance, à la terreur,
Mon Esprit ! Tournons dans la Morsure : Ah ! passez,
Républiques de ce monde ! Des empereurs,
Des régiments, des colons, des peuples, assez !

Qui remuerait les tourbillons de feu furieux,
Que nous et ceux que nous nous imaginons frères ?
À nous ! Romanesques amis : ça va nous plaire.
Jamais nous ne travaillerons, ô flots de feux !

Europe, Asie, Amérique, disparaissez.
Notre marche vengeresse a tout occupé,
Cités et campagnes ! – Nous serons écrasés !
Les volcans sauteront ! et l'océan frappé...

Oh! mes amis ! – mon cœur, c'est sûr, ils sont des frères :
Noirs inconnus, si nous allions ! allons ! allons !
Ô malheur ! je me sens frémir, la vieille terre,
Sur moi de plus en plus à vous ! la terre fond,

Ce n'est rien ! j'y suis ! j'y suis toujours.

WAS SOLL UNS DAS, MEIN HERZ …

Was soll uns das, mein Herz, die Lachen Blut,
Das Wutgeschrei, die tausend Morde, Wimmern
Aus Höllen, jede Ordnung stürzend, Glut
Und Feuersbrunst, der Nordwind noch auf Trümmern,

Was alle Rache? Nichts! … – Und dennoch, ja,
Sie steht uns zu! Hinweg Justiz, Senate,
Macht, Fürsten, Industrie, Geschichte, ah,
Verreckt! Blut! Blut! In goldener Kaskade!

Der Rache alles, dem Entsetzen, Krieg –
Mein Geist! Kehren wir doch den Biß um: wider
Die Kaiser, wider jede Republik
Der Welt! Kolonen, Truppen, Völker nieder!

Wer, wenn nicht wir und die uns Brüder sind,
Soll Wirbel toller Feuersbrunst entfachen?
Auf, Freunde schwärmerisch! O Glutenwind,
Niemals mehr Arbeit: das wird Freude machen!

Amerika, Europa, Asien, Schluß!
Das Land gewalzt von unserm Rachewahne,
Die Städte tot! – Wir selbst zermalmt! Es muß
Das Meer hinab … Es bersten die Vulkane!

Oh, Freunde! Fremde Schwarze – Brüder, ja,
Mein Herz, sie sinds – brächen wir auf! Attacke!
Doch Unheil! Zittern faßt mich, der euch nah!
Die alte Erde fällt um mich in Schlacke,

Nein, nichts! Hier bin ich! Bin noch immer hier!

Klaus Möckel

LARME

Loin des oiseaux, des troupeaux, des villageoises,
Je buvais, accroupi dans quelque bruyère
Entourée de tendres bois de noisetiers,
Par un brouillard d'après-midi tiède et vert.

Que pouvais-je boire dans cette jeune Oise,
Ormeaux sans voix, gazon sans fleurs, ciel couvert.
Que tirais-je à la gourde de colocase ?
Quelque liqueur d'or, fade et qui fait suer.

Tel, j'eusse été mauvaise enseigne d'auberge.
Puis l'orage changea le ciel, jusqu'au soir.
Ce furent des pays noirs, des lacs, des perches,
Des colonnades sous la nuit bleue, des gares.

L'eau des bois se perdait sur des sables vierges.
Le vent, du ciel, jetait des glaçons aux mares…
Or ! tel qu'un pêcheur d'or ou de coquillages,
Dire que je n'ai pas eu souci de boire !

Mai 1872.

L'ÉTERNITÉ

Elle est retrouvée.
Quoi ? – L'Éternité.
C'est la mer allée
Avec le soleil.

Âme sentinelle,
Murmurons l'aveu
De la nuit si nulle
Et du jour en feu.

TROPFEN

Weit weg von Vögeln, von Herden, von Dörflerinnen
Trank ich, im Hocken, wo im Heidekraut,
Umringt von zartem Nußbaumstrauch-Geäst,
Von lauem, grünem Nachmittag umbraut.

Was konnt aus junger Oise in mich rinnen,
Gewölk, blumloser Rasen, Ulmen ohne Laut:
Was sog ich aus der Kürbisflasche Innen?
Etwelchen faden Goldsaft, der nur Schweiß auspreßt.

So – wäre ich ein schlechtes Herbergszeichen.
Dann hat, bis spät, das Wettern Änderung gebracht:
Mit Seen, mit Ruten, mit dunklen riesigen Reichen,
Mit Bahnhöfen, mit Säulenreihn in blauer Nacht.

Wälderflut rann in nie berührte Ursandweiten,
Der Wind, vom Himmel, warf auf Maare Eis mit Macht …
Gold! – da: Goldfischers-, Perlentauchersgleichen,
Hab ich – sag wer! – an Trinken, Trinken nicht gedacht!

Helmut Bartuschek

DIE EWIGKEIT

Sie ist neu geschenkt.
Was? – Die Ewigkeit.
Meer, das von uns drängt
Mit der Sonne weit.

Seele auf der Wacht,
Leis gestehn wir ein:
Nichtigkeit der Nacht,
Tages Feuerschein.

Des humains suffrages,
Des communs élans
Là tu te dégages
Et voles selon.

Puisque de vous seules,
Braises de satin,
Le Devoir s'exhale
Sans qu'on dise : enfin.

Là pas d'espérance,
Nul orietur.
Science avec patience,
Le supplice est sûr.

Elle est retrouvée.
Quoi ? – L'Éternité.
C'est la mer allée
Avec le soleil.

Mai 1872.

FÊTES DE LA FAIM

Ma faim, Anne, Anne,
Fuis sur ton âne.

Si j'ai du *goût*, ce n'est guères
Que pour la terre et les pierres.
Dinn ! dinn ! dinn ! dinn ! Je pais l'air,
Le roc, les Terres, le fer.

Tournez, les faims, paissez, faims,
        Le pré des sons !
Puis l'aimable et vibrant venin
        Des liserons ;

Aller Welt Elan,
Menschlicher Applaus,
Du läßt ihre Bahn
Und fliegst frei hinaus.

Denn aus Atlasglut
Selbst entströmt die Pflicht,
Ohne daß erlöst
Man ein »endlich« spricht.

Keiner Hoffnung Schein,
Nicht ein Sonnenstrahl.
Klug, geduldig sein,
Sicher ist die Qual.

Sie ist neu geschenkt.
Was? – Die Ewigkeit.
Meer, das von uns drängt
Mit der Sonne weit.

Klaus Möckel

FESTE DES HUNGERS

Mich plagt Hunger, Anne, Anne
Flieh auf deinem Esel, Anne

Hab *Geschmack* nur an dem einen,
An der Erde mit ihren Steinen
Dinn! Dinn! Dinn! Laß mich beißen
Felsen, Kohle, Luft und Eisen.

Reg dich Hunger, Hunger, weide
　　In der Töne Gründen!
Saug das Gift ein, das heitre
　　Der Ackerwinden;

Les cailloux qu'un pauvre brise,
Les vieilles pierres d'églises,
Les galets, fils des déluges,
Pains couchés aux vallées grises !

Mes faims, c'est les bouts d'air noir ;
        L'azur sonneur ;
– C'est l'estomac qui me tire.
        C'est le malheur.

Sur terre ont paru les feuilles :
Je vais aux chairs de fruit blettes.
Au sein du sillon je cueille
La doucette et la violette.

        Ma faim, Anne, Anne !
        Fuis sur ton âne.

MICHEL ET CHRISTINE

Zut alors si le soleil quitte ces bords !
Fuis, clair déluge ! Voici l'ombre des routes.
Dans les saules, dans la vieille cour d'honneur
L'orage d'abord jette ses larges gouttes.

Ô cent agneaux, de l'idylle soldats blonds,
Des aqueducs, des bruyères amaigries,
Fuyez ! plaine, déserts, prairie, horizons
Sont à la toilette rouge de l'orage !

Chien noir, brun pasteur dont le manteau s'engouffre,
Fuyez l'heure des éclairs supérieurs ;
Blond troupeau, quand voici nager ombre et soufre,
Tâchez de descendre à des retraits meilleurs.

Schotter, den die Armen brachen,
Kirchenmauerwerk, das tote
Geröll der Täler, hergetragen
Von der Sintflut – stille Brote!

Mein Hunger, das ist Rest der schwarzen
    Lüfte, Glöckner im Azur;
– Mich ziehn vorwärts der leere Magen,
    Das Unglück nur.

Die Blätter fielen schon zur Erde:
Ich geh nach reifer Früchte Fleisch.
Pflück mir das Veilchen und verzehre
Vom Furchengrund Rapünzchen weich.

    Mich plagt Hunger, Anne, Anne!
    Flieh auf deinem Esel, Anne.

Klaus Möckel

MICHEL UND CHRISTINE

Weh, wenn die Sonne verläßt diese Ufer!
Flieh, helle Sintflut! Chausseeschatten breitet sich aus.
Und in den Weiden, und in den Schloßhof, den alten,
Wirft das Gewitter zuerst seine Großtropfen aus.

Hunderte Lämmer, erblondetes Heer der Idylle,
Brunnen und Röhren, dörrende Heide: Flieht!
Ihr Ebenen, Wiesen, Öden und Horizonte,
Die des Gewitters rotes Gewand überzieht!

Schwarzer Hund, bräunlicher Hirte, dess' Mantel verschlungen
Wird: o nun fliehet die Stunde der höheren Blitze;
Schwimmen hier Schatten und Schwefel, erblondete Herde –
Steig zu den Orten hinab, die dich besser beschützen.

Mais moi, Seigneur ! voici que mon Esprit vole,
Après les cieux glacés de rouge, sous les
Nuages célestes qui courent et volent
Sur cent Solognes longues comme un railway.

Voilà mille loups, mille graines sauvages
Qu'emporte, non sans aimer les liserons,
Cette religieuse après-midi d'orage
Sur l'Europe ancienne où cent hordes iront !

Après, le clair de lune ! partout la lande,
Rougis et leurs fronts aux cieux noirs, les guerriers
Chevauchent lentement leurs pâles coursiers !
Les cailloux sonnent sous cette fière bande !

– Et verrai-je le bois jaune et le val clair,
L'Épouse aux yeux bleus, l'homme au front rouge, – ô Gaule,
Et le blanc agneau Pascal, à leurs pieds chers,
– Michel et Christine, – et Christ ! – fin de l'Idylle.

MÉMOIRE

I

L'eau claire ; comme le sel des larmes d'enfance,
l'assaut au soleil des blancheurs des corps de femmes ;
la soie, en foule et de lys pur, des oriflammes
sous les murs dont quelque pucelle eut la défense ;

l'ébat des anges ; – Non… le courant d'or en marche,
meut ses bras, noirs, et lourds, et frais surtout, d'herbe. Elle
sombre, ayant le Ciel bleu pour ciel-de-lit, appelle
pour rideaux l'ombre de la colline et de l'arche.

Ich aber, Herr! sieh, wie mein Geist fliegt, o siehe!
Hinter den Himmeln, die rötliches Eis bedrang,
Unter den himmlischen Wolken, die laufen und fliegen
Über hundert Provinzen, eisenbahnlinienlang,

Seht tausend Wölfe, seht tausend wilde Samen:
Was tuts, vergießt meine Lieb nicht die Ackerwinden.
Ein frommer gewitternder Nachmittag über dem alten Europa,
Wo Hunderte Horden ihren Weg werden finden.

Später, der Mondschein! Und Heideland überall,
Es reiten die Krieger in schwarze Himmel hinein
Auf fahlen Pferden! Es sind ihre Stirnen gerötet.
Unter der stolzen Schar klingt das Kieselgestein!

– Dann werd ich den gelben Wald, das klare Tal erblicken,
Die Frau mit blauen Augen, o Gallien zum Gruß –
Den Mann mit roter Stirn, das weiße Osterlamm,
– Michel und Christine, – und Christ! – Idyllenschluß.

Andreas Reimann

ERINNERUNG

I

Das Wasser wie das Salz von Kindheitstränen klar,
zur Sonne steilt der Frauenleiber heller Kreis;
die Seide flirrt, der Lilienbanner reines Weiß
an Mauern, deren Schutz einst eine Jungfrau war;

der Engel Tollheit; – Nein … ein Wasser, das die matten
Goldarme regt, schwarz, schwer und kühl, des Grases Grau.
Betthimmel wird des Firmamentes Blau,
Vorhang des Hügels und des Brückenbogens Schatten.

II

Eh ! l'humide carreau tend ses bouillons limpides !
L'eau meuble d'or pâle et sans fond les couches prêtes.
Les robes vertes et déteintes des fillettes
font les saules, d'où sautent les oiseaux sans brides.

Plus pure qu'un louis, jaune et chaude paupière
le souci d'eau – ta foi conjugale, ô l'Épouse ! –
au midi prompt, de son terne miroir, jalouse
au ciel gris de chaleur la Sphère rose et chère.

III

Madame se tient trop debout dans la prairie
prochaine où neigent les fils du travail ; l'ombrelle
aux doigts ; foulant l'ombelle ; trop fière pour elle ;
des enfants lisant dans la verdure fleurie

leur livre de maroquin rouge ! Hélas, Lui, comme
mille anges blancs qui se séparent sur la route,
s'éloigne par delà la montagne ! Elle, toute
froide, et noire, court ! après le départ de l'homme !

IV

Regret des bras épais et jeunes d'herbe pure !
Or des lunes d'avril au cœur du saint lit ! Joie
des chantiers riverains à l'abandon, en proie
aux soirs d'août qui faisaient germer ces pourritures !

Qu'elle pleure à présent sous les remparts ! l'haleine
des peupliers d'en haut est pour la seule brise.
Puis, c'est la nappe, sans reflets, sans source, grise :
un vieux, dragueur, dans sa barque immobile, peine.

II

Ein feucht Geviert will sich im hellen Schaumkleid zeigen!
Mit Gold umkleidet sein bereites Bett das Wasser,
grundlos und fahl. Der Mädchen Kleider, grün und blasser,
Weiden mit Vögeln in den Kronenzweigen.

Noch reiner als ein Louisdor, die gelben Lider
der Dotterblume - Gattin in der Treue Farbe! -
gerichtet zum Zenit, aus blinder Spiegel Narbe,
dem Grau, glüht eifernd eine rote Sphäre nieder.

III

Sie tritt die Dolden aus, die ihr zu stolz gewesen,
zu grad Madam mit ihrem Sonnenschirm sich hält,
wo auf den Fluß der Arbeit Linnen fällt;
die Kinder im erblühten Grün der Wiese lesen

ihr Buch aus rotem Saffianleder, aber Er,
wie tausend Engel, die einander meiden,
flieht über Berge fort! Sie, ohne daß ein Leiden
ihr Antlitz furchte, geht allein nun, kalt und hehr!

IV

Mitleid des Grases, jung, der Ranken Sprießen!
Verlaßne Ufer, die der Arbeit Hall erfreute,
Goldmonde des Aprils, längst dem August zur Beute
an Abenden, die diese Fäulnis keimen ließen!

Daß unter Festungswällen weine Weib und Fluß!
Brise die Pappeln nur, die ihre Kronen regten.
Grautuch ohn Quell und Widerschein: im unbewegten
Flußboot ein Alter sich, ein Baggrer, mühen muß.

V

Jouet de cet œil d'eau morne, je n'y puis prendre,
ô canot immobile ! oh ! bras trop courts ! ni l'une
ni l'autre fleur : ni la jaune qui m'importune,
là ; ni la bleue, amie à l'eau couleur de cendre.

Ah ! la poudre des saules qu'une aile secoue !
Les roses des roseaux dès longtemps dévorées !
Mon canot, toujours fixe ; et sa chaîne tirée
au fond de cet œil d'eau sans bords, – à quelle boue ?

V

Spielzeug des trüben Wasseraugs, vermag zu greifen,
o Arme viel zu kurz! o festgebannter Kahn!
der Blumen keine ich: die gelbe nicht – o Wahn!
die blaue nicht, die froh die falben Wasser streifen.

Gepeitscht von einem Flügel stäubt der Weiden Mund!
Des Schilfes Rosen schlangen gierig längst die Wogen!
Mein Kahn, noch immer fest, wird er hinabgezogen
zu welchem Schlamm an dieses Wasserauges Grund?

Uwe Grüning

Une saison en enfer | Ein Aufenthalt in der Hölle

1873

JADIS, SI JE ME SOUVIENS BIEN…

« Jadis, si je me souviens bien, ma vie était un festin où s'ouvraient tous les cœurs, où tous les vins coulaient.
Un soir, j'ai assis la Beauté sur mes genoux. – Et je l'ai trouvée amère. – Et je l'ai injuriée.
Je me suis armé contre la justice.
Je me suis enfui. Ô sorcières, ô misère, ô haine, c'est à vous que mon trésor a été confié !
Je parvins à faire s'évanouir dans mon esprit toute l'espérance humaine. Sur toute joie pour l'étrangler j'ai fait le bond sourd de la bête féroce.
J'ai appelé les bourreaux pour, en périssant, mordre la crosse de leurs fusils. J'ai appelé les fléaux, pour m'étouffer avec le sable, le sang. Le malheur a été mon dieu. Je me suis allongé dans la boue. Je me suis séché à l'air du crime. Et j'ai joué de bons tours à la folie.
Et le printemps m'a apporté l'affreux rire de l'idiot.
Or, tout dernièrement, m'étant trouvé sur le point de faire le dernier *couac !* J'ai songé à rechercher la clef du festin ancien, où je reprendrais peut-être appétit.
La charité est cette clef. – Cette inspiration prouve que j'ai rêvé !
« Tu resteras hyène, etc… », se récrie le démon qui me couronna de si aimables pavots. « Gagne la mort avec tous tes appétits, et ton égoïsme et tous les péchés capitaux. »
Ah ! j'en ai trop pris : – Mais, cher Satan, je vous en conjure, une prunelle moins irritée ! et en attendant les quelques petites lâchetés en retard, vous qui aimez dans l'écrivain l'absence des facultés descriptives ou instructives, je vous détache ces quelques hideux feuillets de mon carnet de damné.

EINST, WENN ICH MICH RECHT ERINNERE ...

Einst, wenn ich mich recht erinnere, war mein Leben ein Fest, das alle Herzen öffnete, das alle Weine zum Fließen brachte.
Eines Abends hab ich mir die Schönheit aufs Knie gesetzt. – Und ich fand sie bitter. – Und ich schmähte sie.
Ich wappnete mich wider die Gerechtigkeit.
Ich floh. O Hexen, o Elend, o Haß, was mein war, ward euch anvertraut!
Dann hab ich fahrenlassen dahin aus meinem Geiste alle menschliche Hoffnung. Des wilden Tieres dumpfen Sprung riß ich zurück und drosselte so jede Freude.
Ich rief die Henker und verbiß mich im Todesfall in den Schaft ihrer blanken Eisen. Landplagen rief ich herbei, mich zu ersticken an Sand und Blut. Das Unglück war mein Gott. Ich legte mich in den Dreck und verdorrte im Wind des Verbrechens. Dem Wahnsinn hab ich Streiche gespielt.
Im Frühling brach aus mir das scheußliche Lachen des Idioten.
Nun da ich zuletzt nur noch ein letztes Rabenkrächzen machen kann, dacht ich, ich könnt den Schlüssel zum alten Fest wiederfinden, auf dem ich, vielleicht! eine neue Lust finde.
Liebe deinen Nächsten heißt dieser Schlüssel. – Diese Eingebung beweist, daß ich geträumt!
»Du bleibst eine Hyäne!« schreit der Dämon, der mich mit lieblichem Mohn krönte. »Hol dir den Tod mit all deinen Gelüsten, deinem Egoismus und deinen Todsünden!«
Ach! Es ist wahr, ich habe deren zu viele gekostet, mein verehrter Herr Satan. Doch laßt Euch beschwören, zeigt nicht diese irritierte Pupille! Und während ich auf Eure nachtragende Gemeinheit warte, nehmt, der Ihr am Dichter den Mangel an beschreibenden oder didaktischen Fähigkeiten liebt, diese garstigen Blätter aus meinem Tagebuch eines Verdammten.

MAUVAIS SANG

J'ai de mes ancêtres gaulois l'œil bleu blanc, la cervelle étroite, et la maladresse dans la lutte. Je trouve mon habillement aussi barbare que le leur. Mais je ne beurre pas ma chevelure.
Les Gaulois étaient les écorcheurs de bêtes, les brûleurs d'herbes les plus ineptes de leur temps.
D'eux, j'ai : l'idolâtrie et l'amour du sacrilège ; - oh ! tous les vices, colère, luxure, - magnifique, la luxure ; - surtout mensonge et paresse.
J'ai horreur de tous les métiers. Maîtres et ouvriers, tous paysans, ignobles. La main à plume vaut la main à charrue. - Quel siècle à mains ! - Je n'aurai jamais ma main. Après, la domesticité mène trop loin. L'honnêteté de la mendicité me navre. Les criminels dégoûtent comme des châtrés : moi, je suis intact, et ça m'est égal.
Mais ! qui a fait ma langue perfide tellement, qu'elle ait guidé et sauvegardé jusqu'ici ma paresse ? Sans me servir pour vivre même de mon corps, et plus oisif que le crapaud, j'ai vécu partout.
Pas une famille d'Europe que je ne connaisse. - J'entends des familles comme la mienne, qui tiennent tout de la déclaration des Droits de l'Homme. - J'ai connu chaque fils de famille !

Si j'avais des antécédents à un point quelconque de l'histoire de France !
Mais non, rien.
Il m'est bien évident que j'ai toujours été race inférieure. Je ne puis comprendre la révolte. Ma race ne se souleva jamais que pour piller : tels les loups à la bête qu'ils n'ont pas tuée.
Je me rappelle l'histoire de la France fille aînée de l'Église. J'aurais fait, manant, le voyage de terre sainte ; j'ai dans la tête des routes dans les plaines souabes, des vues de Byzance, des rem-

SCHLECHTES BLUT

Von meinen gallischen Vorfahren hab ich das weißblaue Auge, den engen Schädel, die Ungeschicklichkeit im Kampf. Meinen Anzug find ich grad so barbarisch wie den ihren. Aber ich schmier mir keine Butter ins Haar.
Die Gallier taugten als Tierschinder und Kräuterbrenner wohl nichts in ihrer Zeit.
Von ihnen hab ich: die Götzenanbetung und die Liebe zum Sakrileg; - ha! alle Laster, Jähzorn, Wollust - wunderbar ist die Wollust; - und vor allem Lüge und Faulheit.
Jegliches Handwerk schreckt mich. Meister und Arbeiter, alle Bauern, unedel. Die Hand mit der Feder wiegt grad so wie die Hand mit dem Pflug. - Welch Jahrhundert für Hände! - Nie werd ich meine Hand finden. Außerdem, der Domestikenstand führt zu weit. Die Ehrbarkeit des Bettelstabs zerreißt mein Herz. Die Verbrecher erregen Widerwillen, als wären sie Verschnittene: ich bin unberührt, und es kratzt mich nicht.
Aber! wer hat meine Zunge mit so viel Heimtücke belegt, daß sie bislang meine Faulheit geleitet und beschützt hat? Fauler als eine Kröte hab ich an allen Orten gelebt, ohne aus meinem Körper die Mittel zum Unterhalt zu beziehn. Kaum eine Familie in Europa, die ich nicht kenne. - Ich meine solche Familien wie meine eigene, wo man aus der Erklärung der Menschenrechte alles für sich zu Buche schlägt. - Jeden in väterlicher Gewalt stehenden Sohn hab ich gekannt!

Hätte ich doch Vorfahren an irgendeinem Punkt in der Geschichte Frankreichs!
Aber nein, nichts und niemand.
Mir ist klar, daß ich zu allen Zeiten eine verkommene Rasse war. Jede Revolte ist mir unbegreiflich. Meine Rasse hat sich nur erhoben, um zu plündern: wie Wölfe, die ein Tier nehmen, das sie nicht erjagt haben.
Ich weiß noch ganz gut, was sich in der Geschichte Frankreichs, dieser ältesten Tochter der Kirche. zuträgt. Ich hab, als ich ein Bauernkerl war, meine Reise ins Heilige Land gemacht. Alle Straßen in den schwäbischen Ebenen hab ich im Kopf, dazu die Ansichten von Byzanz, die Mauern von Jerusalem. Der

parts de Solyme ; le culte de Marie, l'attendrissement sur le crucifié s'éveillent en moi parmi mille féeries profanes. – Je suis assis, lépreux, sur les pots cassés et les orties, au pied d'un mur rongé par le soleil. – Plus tard, reître, j'aurais bivaqué sous les nuits d'Allemagne.

Ah ! encore : je danse le sabbat dans une rouge clairière, avec des vieilles et des enfants.

Je ne me souviens pas plus loin que cette terre-ci et le christianisme. Je n'en finirais pas de me revoir dans ce passé. Mais toujours seul ; sans famille ; même, quelle langue parlais-je ? Je ne me vois jamais dans les conseils du Christ ; ni dans les conseils des Seigneurs, – représentants du Christ.

Qu'étais-je au siècle dernier : je ne me retrouve qu'aujourd'hui. Plus de vagabonds, plus de guerres vagues. La race inférieure a tout couvert – le peuple, comme on dit, la raison ; la nation et la science.

Oh ! la science ! On a tout repris. Pour le corps et pour l'âme, – le viatique, – on a la médecine et la philosophie, les remèdes de bonnes femmes et les chansons populaires arrangées. Et les divertissements des princes et les jeux qu'ils interdisaient ! Géographie, cosmographie, mécanique, chimie !...

La science, la nouvelle noblesse ! Le progrès. Le monde marche ! Pourquoi ne tournerait-il pas ?

C'est la vision des nombres. Nous allons à *l'Esprit*. C'est très-certain, c'est oracle, ce que je dis. Je comprends, et ne sachant m'expliquer sans paroles païennes, je voudrais me taire.

Le sang païen revient ! L'Esprit est proche, pourquoi Christ ne m'aide-t-il pas, en donnant à mon âme noblesse et liberté. Hélas ! l'Évangile a passé ! l'Évangile ! l'Évangile.

J'attends Dieu avec gourmandise. Je suis de race inférieure de toute éternité.

Me voici sur la plage armoricaine. Que les villes s'allument dans le soir. Ma journée est faite ; je quitte l'Europe. L'air marin

Marienkult, das Ergriffensein über den Gekreuzigten steigt in mir auf über tausend profanen Gaukeleien. – Leprakrank hock ich auf den zerbrochenen Töpfen und Brennesseln an einer Mauer, die Sonne zernagt hat. – Später werd ich als deutscher Ritter in französischen Diensten während der Nächte Deutschlands am Biwak sitzen.
Ach und das! Ich tanz am Sabbat in einer roten Lichtung mit den Alten und Kindern.
Meine Erinnerung geht nicht weiter als dies Land hier und das Christentum. Ich seh das Ende nicht ab, ich find mich ewig in dieser Vergangenheit. Aber immer allein; ohne Familie. Und: welche Sprache hab ich gesprochen? Nie seh ich mich im Rate Christi; nie im Rate der großen Herrn – Christi Stellvertretern.
Was war ich denn im letzten Jahrhundert: ich erkenne mich erst heute. Verschwunden die Landstreicher, verschwunden die grenzenlosen Kriege. Die verkommene Rasse hat alles bedeckt – das Volk, wie man es nennt, die Vernunft, die Nation und die Wissenschaft.
Die Wissenschaft, oh! Da wird alles parat gehalten und neu! Für Körper und Seele, als letztes Abendmahl, gibt es Medizin und Philosophie, die Mittelchen weiser Frauen und die bearbeiteten Volkslieder. Dazu Späße von Fürsten und Spiele, die sie auf den Index setzen! Geographie, Kosmographie, Mechanik, Chemie ...!
Die Wissenschaft, der neue Adel! Der Fortschritt. Die Welt schreitet fort! Warum machte sie nicht kehrt?
Das ist die Vision der Zahlen. Wir bewegen uns hin zum *Geist*. Das ist unumstößlich, ein Orakel, das ich hier verkünde. Ich begreife, und da ich mich nicht anders denn in heidnischen Worten ausdrücken kann, schweige ich lieber.

Das heidnische Blut kehrt wieder! Der Geist ist nahe, warum hilft Christus mir nicht und gibt meiner Seele Adel und Freiheit. Ach! das Evangelium. Die Zeit des Evangeliums ist vorbei! des Evangeliums.
Ich warte auf Gott mit Gier. Ich gehöre dieser verkommenen Rasse für alle Ewigkeit.
Jetzt liege ich hier auf armorikanischem Strand. Mögen sich die Städte leuchtend in die Nacht heben. Mein Tagewerk ist getan;

brûlera mes poumons ; les climats perdus me tanneront. Nager, broyer l'herbe, chasser, fumer surtout ; boire des liqueurs fortes comme du métal bouillant, – comme faisaient ces chers ancêtres autour des feux.
Je reviendrai, avec des membres de fer, la peau sombre, l'œil furieux : sur mon masque, an me jugera d'une race forte. J'aurai de l'or : je serai oisif et brutal. Les femmes soignent ces féroces infirmes retour des pays chauds. Je serai mêlé aux affaires politiques. Sauvé.
Maintenant je suis maudit, j'ai horreur de la patrie. Le meilleur, c'est un sommeil bien ivre, sur la grève.

On ne part pas. – Reprenons les chemins d'ici, chargé de mon vice, le vice qui a poussé ses racines de souffrance à mon côté, dès l'âge de raison – qui monte au ciel, me bat, me renverse, me traîne.
La dernière innocence et la dernière timidité. C'est dit. Ne pas porter au monde mes dégoûts et mes trahisons.
Allons ! La marche, le fardeau, le désert, l'ennui et la colère.
À qui me louer ? Quelle bête faut-il adorer ? Quelle sainte image attaque-t-on ? Quels cœurs briserai-je ? Quel mensonge dois-je tenir ? – Dans quel sang marcher ?
Plutôt, se garder de la justice. – La vie dure, l'abrutissement simple, – soulever, le poing desséché, le couvercle du cercueil, s'asseoir, s'étouffer. Ainsi point de vieillesse, ni de dangers : la terreur n'est pas française.
– Ah ! je suis tellement délaissé que j'offre à n'importe quelle divine image des élans vers la perfection.
Ô mon abnégation, ô ma charité merveilleuse ! ici-bas, pourtant !
De profundis Domine, suis-je bête !

Encore tout enfant, j'admirais le forçat intraitable sur qui se referme toujours le bagne ; je visitais les auberges et les garnis qu'il aurait sacrés par son séjour ; je voyais *avec son idée* le ciel bleu et

ich verlasse Europa. Die Seeluft wird meine Lungen versengen; verlorene Himmelsstriche werden mich gerben. Schwimmen, Gras brechen, jagen, rauchen vor allem; Getränke trinken stark wie kochendes Metall - so wie es die teuren Vorfahren taten, wenn sie im Kreis um das Feuer saßen.
Mit eisernen Gliedern kehre ich wieder, die Haut dunkel, das Auge wild: das Gesicht starr - man wird mich für eine starke Rasse halten. Ich werde Geld haben: ich werde träge und brutal sein. Die Frauen pflegen diese kranken Wilden, die aus heißen Ländern zurückkommen. Ich werde mich ins politische Leben mischen. Gerettet.
Jetzt bin ich verflucht, das Vaterland ekelt mich an. Besser ein trunkener Schlaf, am Strand.

Man geht nicht fort. - Nehmen wir also die alten Wege hier wieder auf, die mein Laster bedeckt hat, das Laster, das seine Wurzeln in meine Seite geschlagen hat, seit dem Alter der Vernunft - das zum Himmel steigt, mich schlägt, umreißt, hinter sich her schleift.
Die letzte Unschuld und die letzte Furchtsamkeit. Ein für allemal. Meinen Ekel und meine Verräterei nicht in die Welt tragen.
Auf! Marsch, Bürde, Wüste, Überdruß und Zorn.
Wem soll ich mich anpreisen? Welches Tier anbeten? Welches Heiligenbild stürmen? Welche Herzen brechen? Welche Lüge soll ich stützen? - In welchem Blut waten?
Schlag einen Bogen um die Gerechtigkeit. - Das harte Leben, die arglose Vertierung - die Faust abgestumpft, den Deckel des Sarges heben, sich hinlegen, verrecken. Nur nicht alt werden und keine Gefahren: der Schrecken ist nicht französisch.
- Ach! ich bin dermaßen verlassen, daß ich jedem Heiligenbild ohne Unterschied Kräfte zur Vollendung darbringe.
O meine Entsagung, meine wunderbare Nächstenliebe! Hier, in diesem Jammertal. Dennoch!
De profundis, Domine, wie bin ich blöd!

Als Kind bewunderte ich den unzugänglichen Sträfling, hinter dem sich für immer das Zuchthaus schließt; ich suchte die Kneipen und Quartiere auf, die er mit seiner Anwesenheit geheiligt hätte; ich sah *seine Vorstellung* von blauem Himmel und

le travail fleuri de la campagne ; je flairais sa fatalité dans les villes. Il avait plus de force qu'un saint, plus de bon sens qu'un voyageur – et lui, lui seul ! pour témoin de sa gloire et de sa raison.
Sur les routes, par des nuits d'hiver, sann gîte, sans habits, sans pain, une voix étreignait mon cœur gelé : « Faiblesse ou force : te voilà, c'est la force. Tu ne sais ni où tu vas ni pourquoi tu vas, entre partout, réponds à tout. On ne te tuera pas plus que si tu étais cadavre. » Au matin j'avais le regard si perdu et la contenance si morte, que ceux que j'ai rencontrés *ne m'ont peut-être pas vu.*
Dans les villes la boue m'apparaissait soudainement rouge et noire, comme une glace quand la lampe circule dans la chambre voisine, comme un trésor dans la forêt ! Bonne chance, criais-je, et je voyais une mer de flammes et de fumée au ciel ; et, à gauche, à droite, toutes les richesses flambant comme un milliard de tonnerres.
Mais l'orgie et la camaraderie des femmes m'étaient interdites. Pas même un compagnon. Je me voyais devant une foule exaspérée, en face du peloton d'exécution, pleurant du malheur qu'ils n'aient pu comprendre, et pardonnant ! – Comme Jeanne d'Arc ! – « Prêtres, professeurs, maîtres, vous vous trompez en me livrant à la justice. Je n'ai jamais été de ce peuple-ci ; je n'ai jamais été chrétien ; je suis de la race qui chantait dans le supplice ; je ne comprends pas les lois ; je n'ai pas le sens moral, je suis une brute : vous vous trompez… »
Oui, j'ai les yeux fermés à votre lumière. Je suis une bête, un nègre. Mais je puis être sauvé. Vous êtes de faux nègres, vous maniaques, féroces, avares. Marchand, tu es nègre ; magistrat, tu es nègre ; général, tu es nègre ; empereur, vieille démangeaison, tu es nègre : tu as bu d'une liqueur non taxée, de la fabrique de Satan. – Ce peuple est inspiré par la fièvre et le cancer. Infirmes et vieillards sont tellement respectables qu'ils demandent à être bouillis. – Le plus malin est de quitter ce continent, où la folie rôde pour pourvoir d'otages ces misérables. J'entre au vrai royaume des enfants de Cham.

der erblühten Arbeit der Felder; ich witterte sein Verhängnis in den Städten. Er besaß mehr Kraft als ein Heiliger, mehr gesunden Menschenverstand als ein Fahrtenkundiger - und nur er, er allein! war Zeuge seines Ruhms und seines Rechts.

Unterwegs in den Winternächten, ohne Nachtlager, ohne Kleidung, ohne Brot schnürte eine eisige Stimme mein Herz zusammen: »Ohnmacht oder Kraft: du bist hier, das ist die Kraft. Du weißt nicht, wohin du gehst und warum. Tritt überall ein, gib jedem Antwort. Man wird dich so wenig töten, als wärst du ein Leichnam.« Am Morgen war mein Blick verloren, meine Haltung so tot, daß diejenigen, die mir begegnet sind, mich *vielleicht gar nicht gesehen haben.*

In den Städten erschien mir plötzlich der Dreck rot und schwarz wie Spiegelglas, wenn die Lampe im Nachbarzimmer kreist, wie ein Schatz im Wald! Viel Glück, rief ich und sah ein Meer von Flammen und Rauch am Himmel; zur Linken, zur Rechten flammten alle Reichtümer wie eine Milliarde Blitze.

Das geile Einssein, die Freundschaft der Frauen aber waren mir verboten. Nicht ein Gefährte. Ich sah mich einer verzweifelten Menge gegenüber, im Angesicht des Exekutionspelotons, weinend über das Unglück, das sie nicht begreifen konnten. Und ich verzieh! - Wie Jeanne d'Arc! - »Priester, Lehrer, Meister, ihr irrt, wenn ihr mich der Gerechtigkeit überliefert. Nie hab ich zu diesem Volk gehört; nie war ich Christ; ich gehöre zu der Rasse, die sang, wenn sie ihr Todesurteil empfing; ich begreife die Gesetze nicht; mir fehlt der Sinn für Moral, ich bin ein wildes Tier, ihr täuscht euch ...«

Ja, meine Augen sind verschlossen eurem Licht. Ich bin eine Bestie, ein Neger. Aber ich kann gerettet werden. Ihr seid falsche Neger, ihr Wahnsinnigen, Blutdürstigen, Habsüchtigen. Kaufmann, du bist Neger; Magistrat, du bist Neger; General, du bist Neger; Kaiser, du alter Lüstling, du bist Neger: du hast den nicht versteuerten Schnaps aus Satans Fabrik gesoffen. - Dies Volk entzündet sich am Fieber und am Krebs. Gebrechliche und Alte erreichen einen Grad von Respektabilität, daß sie danach schreien, gekocht zu werden. - Schlau, wer diesen Kontinent verläßt, wo die Tollheit frei umhergeht und diese Elenden zu Geiseln bestimmt. Ich gehe ein ins wahre Königreich der Kinder Hams.

Connais-je encore la nature ? me connais-je ? – *Plus de mots*. J'ensevelis les morts dans mon ventre. Cris, tambour, danse, danse, danse, danse ! Je ne vois même pas l'heure où, les blancs débarquant, je tomberai au néant.
Faim, soif, cris, danse, danse, danse, danse !

Les blancs débarquent. Le canon ! Il faut se soumettre au baptême, s'habiller, travailler.
J'ai reçu au cœur le coup de la grâce. Ah ! je ne l'avais pas prévu !
Je n'ai point fait le mal. Les jours vont m'être légers, le repentir me sera épargné. Je n'aurai pas eu les tourments de l'âme presque morte au bien, où remonte la lumière sévère comme les cierges funéraires. Le sort du fils de famille, cercueil prématuré couvert de limpides larmes. Sans doute la débauche est bête, le vice est bête ; il faut jeter la pourriture à l'écart. Mais l'horloge ne sera pas arrivée à ne plus sonner que l'heure de la pure douleur ! Vais-je être enlevé comme un enfant, pour jouer au paradis dans l'oubli de tout le malheur !
Vite ! est-il d'autres vies ? – Le sommeil dans la richesse est impossible. La richesse a toujours été bien public. L'amour divin seul octroie les clefs de la science. Je vois que la nature n'est qu'un spectacle de bonté. Adieu chimères, idéals, erreurs.
Le chant raisonnable des anges s'élève du navire sauveur : c'est l'amour divin. – Deux amours ! je puis mourir de l'amour terrestre, mourir de dévouement. J'ai laissé des âmes dont la peine s'accroîtra de mon départ ! Vous me choisissez parmi les naufragés ; ceux qui restent sont-ils pas mes amis ?
Sauvez-les !
La raison m'est née. Le monde est bon. Je bénirai la vie. J'aimerai mes frères. Ce ne sont plus des promesses d'enfance. Ni l'espoir d'échapper à la vieillesse et à la mort. Dieu fait ma force, et je loue Dieu.

Kenne ich noch die Natur? Kenne ich mich selbst? – *Schluß mit den Worten.* Ich vergrabe die Toten in meinem Bauch. Ruf, Trommel, tanze, tanze, tanze, tanze! Ich denke nicht an die Stunde, da die Weißen an Land gehen, indes ich ins Nichts fallen werde. Hunger, Durst, Schreie, tanze, tanze, tanze, tanze!

Die Weißen gehen an Land. Die Kanone! Man muß sich der Taufe unterziehn, Kleider tragen, arbeiten.
Ich bekam den Gnadenstoß ins Herz. Ach! ich hatte ihn nicht vorausgesehen!
Ich habe niemals Böses getan. Die Tage sind mir leicht, die Reue wird mir erspart bleiben. Ich werde nicht die Seelenpein erleben, die noch am Guten leidet, aus der das harte Licht steigt wie aus Sterbekerzen. Ach, das Schicksal eines Sohnes aus gutem Hause: ein früher Sarg von hellen Tränen bedeckt. Gewiß, die Ausschweifung ist dumm, das Laster ist dumm; man muß die Fäulnis wegwerfen. Aber die Uhr wird nicht mehr schlagen, wenn die Stunde des reinen Schmerzes gekommen ist. Werde ich wie ein Kind emporgetragen werden, um im Paradies zu spielen, wo man alles Unglück vergißt!
Schnell! gibt es andere Leben? – Der Schlaf im Reichtum ist unmöglich. Reichtum lag von je offen vor aller Augen. Die Liebe Gottes allein verleiht die Schlüssel zum Wissen. Ich sehe, daß die Natur nichts ist als ein Schauspiel der Güte. Lebt wohl, ihr Wahngebilde, Ideale, Irrtümer.
Aus dem rettenden Schiff steigt der Engelsgesang der Vernunft: das ist die göttliche Liebe. – Zweierlei Liebe! Ich kann an der irdischen Liebe sterben oder an Aufopferung sterben. Ich habe Seelen zurückgelassen, deren Schmerz sich über mein Weggehen vergrößern wird. Ihr zählt mich zu den Schiffbrüchigen. Doch sind, die zurückblieben, denn nicht meine Freunde?
Rettet sie!
Die Vernunft wird mir geboren. Die Welt ist gut. Ich werde das Leben segnen. Ich werde meine Brüder lieben. Das sind keine kindlichen Versprechen mehr. Es ist auch nicht, daß ich dem Alter und dem Tod so zu entkommen trachte. Gott ist meine Kraft, und ich preise Gott.

L'ennui n'est plus mon amour. Les rages, les débauches, la folie, dont je sais tous les élans et les désastres, – tout mon fardeau est déposé. Apprécions sans vertige l'étendue de mon innocence.

Je ne serais plus capable de demander le réconfort d'une bastonnade. Je ne me crois pas embarqué pour une noce avec Jésus-Christ pour beau-père.

Je ne suis pas prisonnier de ma raison. J'ai dit : Dieu. Je veux la liberté dans le salut : comment la poursuivre ? Les goûts frivoles m'ont quitté. Plus besoin de dévouement ni d'amour divin. Je ne regrette pas le siècle des cœurs sensibles. Chacun a sa raison, mépris et charité : je retiens ma place au sommet de cette angélique échelle de bon sens.

Quant au bonheur établi, domestique ou non... non, je ne peux pas. Je suis trop dissipé, trop faible. La vie fleurit par le travail, vieille vérité : moi, ma vie n'est pas assez pesante, elle s'envole et flotte loin au-dessus de l'action, ce cher point du monde.

Comme je deviens vieille fille, à manquer du courage d'aimer la mort !

Si Dieu m'accordait le calme céleste, aérien, la prière, – comme les anciens saints. – Les saints ! des forts ! les anachorètes, des artistes comme il n'en faut plus !

Farce continuelle ! Mon innocence me ferait pleurer. La vie est la farce à mener par tous.

Assez ! voici la punition. – *En marche !*

Ah ! les poumons brûlent, les tempes grondent ! la nuit roule dans mes yeux, par ce soleil ! le cœur... les membres...

Où va-t-on ? au combat ? Je suis faible ! les autres avancent. Les outils, les armes... le temps !...

Feu ! feu sur moi ! Là ! ou je me rends. – Lâches ! – Je me tue ! je me jette aux pieds des chevaux !

Ah !...

– Je m'y habituerai.

Ce serait la vie française, le sentier de l'honneur !

Die Langeweile ist nicht mehr meine Geliebte. Tollheit, Wollust - alle Rasereien, die ich kenne, ihre Anläufe und Verderbnisse, ich habe ihre Bürde abgeschüttelt! Laßt uns hemmungslos die Ausdehnung meiner Unschuld abstecken.
Ich werde nicht fähig sein, den Trost einer Tracht Prügel zu verlangen. Ich sehe mich nicht an Bord gehen einer Hochzeit wegen mit Jesus Christus als Schwiegervater.
Ich bin kein Gefangener meiner Vernunft. Ich habe gesagt: Gott. Ich will die Freiheit im Heil: wie aber finde ich sie? Die frivolen Neigungen haben mich verlassen. Hab weder Verlangen nach Aufopferung noch nach göttlicher Liebe. Ich bedaure nicht, daß das Jahrhundert der empfindsamen Herzen dahin ist. Jeder hat seine eigene Vernunft, Verachtung und Nächstenliebe: ich steh auf der obersten Sprosse dieser Engelsleiter des gesunden Menschenverstands!
Was das etablierte Glück betrifft, häuslich oder nicht ... nein, ich kann nicht. Ich bin zu zerfahren, zu schwach. Das Leben blüht durch Arbeit; es entfliegt und treibt hoch über der Tat, dieser teure Beginn der Welt.
Was für eine alte Jungfer aus mir wird, da mir der Mut fehlt, den Tod zu lieben!
So mir Gott doch die himmlische Ruhe gewähren wollte, die schwerelose, das Gebet - wie bei den alten Heiligen. - Die Heiligen! die Starken! die Einsiedler, die Künstler, wie sie heute keiner mehr braucht!
Eine ewige Farce! Meine Unschuld wird mich zum Weinen bringen. Das Leben ist die Farce, die alle mitzuspielen haben.

Genug! Hier die Strafe! - *Marschiert!*
Ach, die Lungen brennen, die Schläfen dröhnen. Die Nacht kreist in meinen Augen, von dieser Sonne? Das Herz, die Glieder ...
Wohin denn? In den Kampf? Ich bin schwach. Die andern stürmen voran. Handwerkszeug, Waffen ... Zeit! ...
Feuer! Feuer auf mich! Hier! oder ich ergebe mich. - Feiglinge! - Ich töte mich! Werfe mich unter die Hufe der Pferde!
Ach! ...
Ich gewöhne mich dran.
Das wird dann das französische Leben sein, der Pfad der Ehre!

NUIT DE L'ENFER

J'ai avalé une fameuse gorgée de poison. – Trois fois béni soit le conseil qui m'est arrivé ! – Les entrailles me brûlent. La violence du venin tord mes membres, me rend difforme, me terrasse. Je meurs de soif, j'étouffe, je ne puis crier. C'est l'enfer, l'éternelle peine ! Voyez comme le feu se reléve ! Je brûle comme il faut. Va, démon !

J'avais entrevu la conversion au bien et au bonheur, le salut. Puis-je décrire la vision, l'air de l'enfer ne souffre pas les hymnes ! C'était des millions de créatures charmantes, un suave concert spirituel, la force et la paix, les nobles ambitions, que sais-je ?

Les nobles ambitions !

Et c'est encore la vie ! – Si la damnation est éternelle ! Un homme qui veut se mutiler est bien damné, n'est-ce pas ? Je me crois en enfer, donc j'y suis. C'est l'exécution du catéchisme. Je suis esclave de mon baptême. Parents, vous avez fait mon malheur et vous avez fait le vôtre. Pauvre innocent ! – L'enfer ne peut attaquer les païens. – C'est la vie encore ! Plus tard, les délices de la damnation seront plus profondes. Un crime, vite, que je tombe au néant, de par la loi humaine.

Tais-toi, mais tais-toi !... C'est la honte, le reproche, ici : Satan qui dit que le feu est ignoble, que ma colère est affreusement sotte. – Assez !... Des erreurs qu'on me souffle, magies, parfums faux, musiques puériles. – Et dire que je tiens la vérité, que je vois la justice : j'ai un jugement sain et arrêté, je suis prêt pour la perfection... Orgueil. – La peau de ma tête se dessèche. Pitié ! Seigneur, j'ai peur. J'ai soif, si soif ! Ah ! l'enfance, l'herbe, la pluie, le lac sur les pierres, *le clair de lune quand le clocher sonnait douze*... le diable est au clocher, à cette heure. Marie ! Sainte-Vierge !... – Horreur de ma bêtise.

Là-bas, ne sont-ce pas des âmes honnêtes, qui me veulent du bien ... Venez ... J'ai un oreiller sur la bouche, elles ne m'entendent

HÖLLENNACHT

Ich hab einen gewaltigen Schluck Gift genommen. – Dreimal gesegnet der Einfall, der mir gekommen ist! – Die Eingeweide brennen mir. Die Gewalt des Giftes verdreht mir die Glieder, verbiegt mich, schlägt mich zu Boden. Ich sterbe vor Durst, ich ersticke, ich kann nicht schrein. Das ist die Hölle, die ewige Strafe! Seht, wie das Feuer sich erhebt! Ich brenne, wie es sein muß. Hinweg, Dämon!

Die Bekehrung zum Guten und zum Glück, die ewige Seligkeit, habe ich geahnt. Könnte ich auch die Vision beschreiben, so verträgt das Aussehn der Hölle keine Hymnen! Da waren Millionen bezaubernde Geschöpfe, ein sanftes Konzert der Geister, Allmacht und Friede, edles Streben, was weiß ich?

Das edle Streben!

Und es ist das Leben! – Wenn die Verdammnis ewig ist! Ein Mensch, der sich selbst verstümmeln will, ist verdammt, so ist es doch? Ich glaube mich in der Hölle, also bin ich dort. Das ist die Anwendung des Katechismus. Ich bin der Sklave meiner Taufe. Eltern, ihr habt mein Unglück in die Welt gesetzt und das eure. Armer Unschuldiger, ich! Die Hölle kann den Heiden nichts anhaben. – Auch das ist noch das Leben. Später werden die Wonnen der Verdammnis noch tiefer sein. Ein Verbrechen, rasch, daß ich ins Nichts falle, wie es das menschliche Gesetz will.

Schweig, schweige doch! … Das ist die Schande, die Vorwürfe, hier: Satan sagt, das Feuer ist unedel und mein Zorn entsetzlich dumm. Genug! Irrtümer, die man mir einbläst, Magie, falsche Düfte, infantile Musik. Und zu denken, daß ich die Wahrheit besitze, die Gerechtigkeit sehe, daß ich ein gesundes und zurückhaltendes Urteil habe, bereit stets zur Vollkommenheit … Stolz. – Meine Kopfhaut trocknet aus. Erbarmen! Herr, ich habe Angst. Ich habe Durst, ja Durst! Ach! die Kindheit, das Gras, der Regen, der See überm Gestein, *Mondenschein, wenn die Glocke zwölf schlägt.* Der Teufel sitzt auf dem Glockenturm um diese Zeit. Maria! Heilige Jungfrau! … – Schrecken über meine Blödheit.

Dort unten, sind da nicht ehrliche Seelen, die mein Bestes wollen? Kommt nur … Ich hab ein Kopfkissen auf dem Mund, sie können mich nicht verstehn, es sind Gespenster. Und dann,

pas, ce sont des fantômes. Puis, jamais personne ne pense à autrui. Qu'on n'approche pas. Je sens le roussi, c'est certain.
Les hallucinations sont innombrables. C'est bien ce que j'ai toujours eu : plus de foi en l'histoire, l'oubli des principes. Je m'en tairai : poètes et visionnaires seraient jaloux. Je suis mille fois le plus riche, soyons avare comme la mer.
Ah çà ! l'horloge de la vie s'est arrêtée tout à l'heure. Je ne suis plus au monde. – La théologie est sérieuse, l'enfer est certainement *en bas* – et le ciel en haut. Extase, cauchemar, sommeil dans un nid de flammes.
Que de malices dans l'attention dans la campagne... Satan, Ferdinand, court avec les graines sauvages... Jésus marche sur les ronces purpurines, sans les courber... Jésus marchait sur les eaux irritées. La lanterne nous le montra debout, blanc et des tresses brunes, au flanc d'une vague d'émeraude...
Je vais dévoiler tous les mystères : mystères religieux ou naturels, mort, naissance, avenir, passé, cosmogonie, néant. Je suis maître en fantasmagories.
Écoutez !...
J'ai tous les talents ! – Il n'y a personne ici et il y a quelqu'un: je ne voudrais pas répandre mon trésor. – Veut-on des chants nègres, des danses de houris ? Veut-on que je disparaisse, que je plonge à la recherche de l'*anneau ?* Veut-on ? Je ferai de l'or, des remèdes.
Fiez-vous donc à moi, la foi soulage, guide, guérit. Tous, venez, – même les petits enfants, – que je vous console, qu'on répande pour vous son cœur, – le cœur merveilleux ! – Pauvres hommes, travailleurs ! Je ne demande pas de prières ; avec votre confiance seulement, je serai heureux.
– Et pensons à moi. Ceci me fait peu regretter le monde. J'ai de la chance de ne pas souffrir plus. Ma vie ne fut que folies douces, c'est regrettable.
Bah ! faisons toutes les grimaces imaginables.
Décidément, nous sommes hors du monde. Plus aucun son. Mon tact a disparu. Ah ! mon château, ma Saxe, mon bois de saules. Les soirs, les matins, les nuits, les jours... Suis-je las !

keiner denkt an den andern. Nur nicht zu nahe kommen. Ich spür den Brandgeruch, das ist gewiß.
Unzählige Halluzinationen. Das ist, was mir seit je anhaftete: kein Glauben mehr an die Geschichte, Vergessen der Grundsätze. Mehr will ich nicht sagen. Ich zieh mir sonst den Neid von Poeten und Propheten zu. Ich bin tausendmal der Reichste, seien wir geizig wie das Meer.
Ha! die Uhr des Lebens ist auf einmal stehengeblieben. Ich bin nicht mehr auf der Welt. - Die Gotteswissenschaft ist gewiß seriös, die Hölle liegt bestimmt *da unten* - und der Himmel da droben. - Ekstase, Alptraum, Schlaf in einem Nest von Flammen.
Wieviel Tücke steckt in der Höflichkeit auf dem Lande ... Satan, Ferdinand, läuft mit dem Wildgetreide ... Jesus geht auf purpurnen Dornen, ohne sie zu knicken ... Jesus wandelte über aufgewühlte Wasser. Die Laterne zeigte ihn uns aufrecht, weiß und mit braunem Haargeflecht, auf dem Kamm einer smaragdhellen Woge. Ich werde alle Geheimnisse entschleiern: die religiösen oder die natürlichen, Tod, Geburt, Zukunft, Vergangenheit, Werden, das Nichts. Ich bin ein Meister in Phantasmagorien.
Hört mich an! ...
Ich hab jedes Talent! - Keinen gibt es hier und einen gibt es: ich will meine Schätze nicht verschleudern. Wollt ihr Negergesänge, soll ich mich drehn wie die Huris? Wollt ihr, daß ich mich unsichtbar mache? Soll ich tauchen auf der Suche nach dem *Ring?* Wollt ihr? Ich kann auch Gold machen und Medizin.
Vertraut euch mir an, der Glaube heilt, führt, erleichtert. Kommt alle zu mir, auch die kleinen Kinder, daß ich euch tröste und euch mein Herz stückweis gebe - das wunderbare Herz! - Ihr armen Menschen, Arbeiter ihr! Ich verlange keine Gebete. Mit eurem Vertrauen allein werde ich glücklich sein.
- Und laßt uns an mich denken. So laß ich das Mitleid mit der Welt hinter mir. Eine Chance für mich, nicht mehr zu leiden.
Pah! Laßt mich nur alle vorstellbaren Grimassen ziehn!
Keine Frage, wir stehen außerhalb der Welt. Nicht das kleinste Geräusch. Mein Tast- und Spürsinn: verschwunden. Ach! mein Schloß, mein Sachsenland, mein Weidenhain. Abende, Mittage, Nächte, alle Tage ... Bin ich müde!

Je devrais avoir mon enfer pour la colère, mon enfer pour l'orgueil, – et l'enfer de la caresse ; un concert d'enfers.
Je meurs de lassitude. C'est le tombeau, je m'en vais aux vers, horreur de l'horreur ! Satan, farceur, tu veux me dissoudre, avec tes charmes. Je réclame. Je réclame ! un coup de fourche, une goutte de feu.
Ah ! remonter à la vie ! Jeter les yeux sur nos difformités. Et ce poison, ce baiser mille fois maudit ! Ma faiblesse, la cruauté du monde ! Mon Dieu, pitié, cachez-moi, je me tiens trop mal ! – Je suis caché et je ne le suis pas.
C'est le feu qui se relève avec son damné.

DÉLIRES
I
VIERGE FOLLE

L'époux infernal

Écoutons la confession d'un compagnon d'enfer :
« Ô divin Époux, mon Seigneur, ne refusez pas la confession de la plus triste de vos servantes. Je suis perdue. Je suis soûle. Je suis impure. Quelle vie !
« Pardon, divin Seigneur, pardon ! Ah ! pardon ! Que de larmes ! Et que de larmes encore plus tard, j'espère !
« Plus tard, je connaîtrai le divin Époux ! Je suis née soumise à Lui. – L'autre peut me battre maintenant !
« À présent, je suis au fond du monde ! Ô mes amies !... non, pas mes amies... Jamais délires ni tortures semblables... Est-ce bête !
« Ah ! je souffre, je crie. Je souffre vraiment. Tout pourtant m'est permis, chargée du mépris des plus méprisables cœurs.

Ich sollte eine Hölle für den Zorn haben, eine für den Stolz – und dann die Hölle der Schmeichelworte; eine ganze Höllenvereinigung.
Ich sterbe vor Überdruß. Das ist das Grab, ich gehe zu den Würmern. Schrecken aller Schrecken. Satan, alter Possenreißer, mit deinen Reizen willst du mich in Nichts verwandeln. Ich protestiere. Ich protestiere! schlag zu mit der Gabel, gib einen Tropfen Feuer.
Ach! wiederaufsteigen ins Leben. Den Blick zurückwerfen auf unsere Mißgestalt. Und dieses Gift, dieser tausendmal verfluchte Kuß! Meine Schwäche, die Grausamkeit der Welt! Mein Gott, Erbarmen, versteck mich, ich halte mich zu schlecht. Ich bin versteckt und bin es nicht.
Das ist das Feuer, das sich mit seinem Verdammten erhebt.

DELIRIEN
I
TÖRICHTE JUNGFRAU

Der höllische Bräutigam

Vernehmt die Beichte eines Gefährten der Hölle:
»O himmlischer Bräutigam, mein Herr, weist nicht die Beichte der traurigsten deiner Dienerinnen zurück. Ich bin verloren. Ich bin trunken. Ich bin unrein. Welch ein Leben!
Verzeihung, göttlicher Herr, Verzeihung! Verzeiht mir, ach! Wie viele Tränen! Und wie viele Tränen werden noch fließen, ich weiß es!
Später werde ich den himmlischen Bräutigam kennenlernen. Ich ward geboren, ihm untertan zu sein. – Mag der andere indessen mich schlagen!
Jetzt lieg ich auf dem Grunde der Welt! O meine Freundinnen! ... Nein, nicht meine Freundinnen ... Noch nie sah ich solche Foltern und Martern ... Wie ist das niederträchtig!
Ach! ich leide, ich schreie. Ich leide wirklich. Doch so ist mir alles erlaubt, beladen mit der Verachtung der schmählichsten Herzen.

« Enfin, faisons cette confidence, quitte à la répéter vingt autres fois, – aussi morne, aussi insignifiante !
« Je suis esclave de l'Époux infernal, celui qui a perdu les vierges folles. C'est bien ce démon-là. Ce n'est pas un spectre, ce n'est pas un fantôme. Mais moi qui ai perdu la sagesse, qui suis damnée et morte au monde, – on ne me tuera pas ! – Comment vous le décrire ! Je ne sais même plus parler. Je suis en deuil, je pleure, j'ai peur. Un peu de fraîcheur, Seigneur, si vous voulez, si vous voulez bien !
« Je suis veuve… – J'étais veuve… – mais oui, j'ai été bien sérieuse jadis, et je ne suis pas née pour devenir squelette !… – Lui était presque un enfant… Ses délicatesses mystérieuses m'avaient séduite. J'ai oublié tout mon devoir humain pour le suivre. Quelle vie ! La vraie vie est absente. Nous ne sommes pas au monde. Je vais où il va, il le faut. Et souvent il s'emporte contre moi, *moi, la pauvre âme*. Le Démon ! – C'est un Démon, vous savez, *ce n'est pas un homme*.
« Il dit : « Je n'aime pas les femmes. L'amour est à réinventer, on le « sait. Elles ne peuvent plus que vouloir une position assurée. La « position gagnée, cœur et beauté sont mis de côté : il ne reste « que froid dédain, l'aliment du mariage, aujourd'hui. Ou bien je « vois des femmes, avec les signes du bonheur, dont, moi, j'aurais « pu faire de bonnes camarades, dévorées tout d'abord par des « brutes sensibles comme des bûchers… »
« Je l'écoute faisant de l'infamie une gloire, de la cruauté un charme. « Je suis de rate lointaine : mes pères étaient Scandina- « ves : ils se perçaient les côtes, buvaient leur sang. – Je me ferai « des entailles partout le corps, je me tatouerai, je veux devenir « hideux comme un Mongol : tu verras, je hurlerai dans les rues. « Je veux devenir bien fou de rage. Ne me montre jamais de « bijoux, je ramperais et me tordrais sur le tapis. Ma richesse, je la « voudrais tachée de sang partout. Jamais je ne travaillerai… » Plusieurs nuits, son démon me saisissant, nous nous roulions, je

Darum laßt mich bekennen, auch wenn ich es noch so oft sagen werde, und jedesmal gleich finster und leer.
Ich bin Sklavin des höllischen Bräutigams, jenes, der die törichten Jungfrauen verdorben hat. Da, der Dämon ist es. Er ist beileibe kein Gespenst, kein Phantom! Mich aber, die ich die Besonnenheit verloren habe, verdammt bin, der Welt gestorben - mich wird man nicht töten! - Wie soll ich es euch beschreiben? Ich kann nicht einmal mehr sprechen. Ich trage Leid, ich weine, ich habe Angst. Ein wenig Linderung, Herr, ich bitte Euch, ich bitte Euch sehr!
Ich bin Witwe, ich war es ... - O ja, vorzeiten war ich wahrhaftig, und ich ward nicht geboren, ein Skelett zu werden! ... Er war fast noch ein Kind ... seine geheimnisvolle Zartheit hat mich verführt. Ich vergaß alle meine menschlichen Pflichten, nur um ihm zu folgen. Was für ein Leben! Das wahre Leben ist anderswo. Wir sind nicht vorhanden in der Welt. Ich gehe, wohin er geht. So muß es sein. Und wie oft mich sein Zorn straft! *Mich, die arme Seele.* Der Dämon! - Er ist ein Dämon, wißt ihr, *er ist kein Mensch.*
Er sagt: ›Ich liebe die Frauen nicht. Die Liebe muß neu erfunden werden, man weiß es. Sie wünschen sich eine sichere Stellung, mehr nicht. Ist ihre Lebensstellung errungen, werden Herz und Schönheit beiseite geschoben: Übrig bleibt kalte Verachtung, das ist heute die Nahrung der Ehe. Ich sehe auch Frauen mit dem Mal des Glücks, die ich mir zu guten Gefährtinnen hätte machen können, und die sofort von sinnlichen Rohlingen verzehrt werden wie auf einem Scheiterhaufen ...‹
Ich muß mir anhören, wie er Gemeinheiten in Glanz verwandelt, aus Grausamkeit zauberhafte Reize macht: ›Ich bin aus einer fernen Rasse, meine Vorväter waren Skandinavier, sie durchbohrten ihre Seiten, tranken ihr Blut. - Ich werde mir am ganzen Leibe Schnittwunden machen, mich tätowieren, will häßlich wie ein Mongole sein. Du wirst sehen, ich werde auf den Straßen brüllen, toll will ich werden aus Wut! Zeig mir niemals Juwelen, ich würde fallen und mich auf dem Teppich krümmen. Mein Reichtum soll ganz von Blut befleckt sein. Arbeiten werde ich nie ...‹ Viele Nächte hielt mich sein Dämon gepackt. Wir rollten übereinander, ich rang mit ihm! - Oft in der Nacht stellte er sich betrunken, in den Straßen oder in den Häusern, um mich

luttais avec lui ! – Les nuits, souvent, ivre, il se poste dans des rues ou dans des maisons, pour m'épouvanter mortellement. – « On me coupera vraiment le cou ; ce sera dégoûtant. » Oh ! ces jours où il veut marcher avec l'air du crime !

« Parfois il parle, en une façon de patois attendri, de la mort qui fait repentir, des malheureux qui existent certainement, des travaux pénibles, des départs qui déchirent les cœurs. Dans les bouges où nous nous enivrions, il pleurait en considérant ceux qui nous entouraient, bétail de la misère. Il relevait les ivrognes dans les rues noires. II avait la pitié d'une mère méchante pour les petits enfants. – Il s'en allait avec des gentillesses de petite fille au catéchisme. – Il feignait d'être éclairé sur tour, commerce, art, médecine. – Je le suivais, il le faut !

« Je voyais tout le décor dont, en esprit, il s'entourait ; vêtements, draps, meubles : je lui prêtais des armes, une autre figure. Je voyais tout ce qui le touchait, comme il aurait voulu le créer pour lui. Quand il me semblait avoir l'esprit inerte, je le suivais, moi, dans des actions étranges et compliquées, loin, bonnes ou mauvaises : j'étais sûre de ne jamais entrer dans son monde. À côté de son cher corps endormi, que d'heures des nuits j'ai veillé, cherchant pourquoi il voulait tant s'évader de la réalité. Jamais homme n'eut pareil vœu. Je reconnaissais, – sans craindre pour lui, – qu'il pouvait être un sérieux danger dans la société. – Il a peut-être des secrets pour *changer la vie* ? Non, il ne fait qu'en chercher, me répliquais-je. Enfin sa charité est ensorcelée, et j'en suis la prisonnière. Aucune autre âme n'aurait assez de force, – force de désespoir ! – pour la supporter, – pour être protégée et aimée par lui. D'ailleurs, je ne me le figurais pas avec une autre âme : an voit son Ange, jamais l'Ange d'un autre, – je crois. J'étais dans son âme comme dans un palais qu'on a vidé pour ne pas voir une personne si peu noble que vous : voilà tout. Hélas ! je dépendais bien de lui. Mais que voulait-il avec mon existence terne et lâche ? Il ne me rendait pas meilleure, s'il ne me faisait pas mourir ! Tristement dépitée, je lui dis quelquefois: « Je te com- « prends. » Il haussait les épaules.

tödlich zu erschrecken. ›Man wird mir noch den Hals durchschneiden, das wird widerlich sein!‹ Oh! die Tage, da er sich darauf versteift, mit der Miene eines Schwerverbrechers umherzugehn!

Zuweilen spricht er in einer Art rührender Mundart vom Tod, der die Reue bringt; über die Unglückseligen, die es sicherlich gibt, über Arbeitspein und von Abschieden, die das Herz zerreißen. In den Spelunken, wo wir uns volltranken, weinte er, wenn er die andern neben uns betrachtete, Tiere im Elend. Er half ihnen auf den schwarzen Straßen, er zeigte ihnen das Erbarmen einer Rabenmutter für ihre Kleinsten. Dann machte er sich davon mit der Artigkeit eines kleinen Mädchens, das zum Religionsunterricht geht. – Er tat so, als wisse er in allen Dingen Bescheid, Handel, Kunst, Medizin. – Und ich lief ihm nach, es mußte sein!

Ich sah all den Zierat, mit dem er sich, im Geiste, umgab: Kleider, Stoffe, Möbel. Ich lieh ihm die Waffen dazu, schenkte ihm eine andere Gestalt. Ich sah alles, was ihn rührte, so, wie er es haben wollte. Sobald ich seinen Geist träge, untätig sah, begab ich mich mit ihm in seltsame und wirre Abenteuer, weit weg, in gute und schlechte, und war sicher, nie Einlaß in seiner Welt zu finden. An der Seite seines geliebten schlafenden Leibes, wie viele Nachtstunden habe ich da gewacht und gefragt, warum er sich so sehr über die Wirklichkeit erheben wollte. Nie tat ein Mensch ein ähnliches Gelübde. Ich erkannte, ohne für ihn zu fürchten, daß er eine ernsthafte Gefahr für die Gesellschaft bedeuten konnte. Hatte er denn geheime Kenntnisse, *das Leben zu ändern?* Nein, sagte ich mir, er ist nur auf deren Suche. Seine Nächstenliebe ist verhext, und ich bin ihre Gefangene. Keine andere Seele hätte diese Kraft – die Kraft der Verzweiflung! –, um ihn zu ertragen, von ihm geliebt und beschützt zu werden. Ich vermochte ihn mir ja mit einer anderen Seele nicht vorzustellen: man sieht immer nur seinen eigenen Engel, nie den Engel eines andern, glaube ich. Ich fühlte mich in seiner Seele wie in einem Palast, den man ausgeräumt hat, um einen Menschen, der so wenig edel ist wie ich, nicht zu sehen. Das ist alles. Ach ja! ich war von ihm abhängig, aber er – was konnte er wollen von meinem finsteren und abgelaufenen Dasein? Er machte mich nicht besser, es sei denn, er hätte mich sterben lassen. In meiner traurigen Verstimmung sagte ich zuweilen zu ihm: ›Ich verstehe dich.‹ Er zuckte nur die Achseln.

« Ainsi, mon chagrin se renouvelant sans cesse, et me trouvant plus égarée à mes yeux, – comme à tous les yeux qui auraient voulu me fixer, si je n'eusse été condamnée pour jamais à l'oubli de tous ! – j'avais de plus en plus faim de sa bonté. Avec ses baisers et ses étreintes amies, c'était bien un ciel, un sombre ciel, où j'entrais, et où j'aurais voulu être laissée, pauvre, sourde, muette, aveugle. Déjà j'en prenais l'habitude. Je nous voyais comme deux bons enfants, libres de se promener dans le Paradis de tristesse. Nous nous accordions. Bien émus, nous travaillions ensemble. Mais, après une pénétrante caresse, il disait : « Comme ça te paraîtra drôle, quand je n'y serai plus, ce par quoi tu as passé.
« Quand tu n'auras plus mes bras sous ton cou, ni mon cœur pour
« t'y reposer, ni cette bouche sur tes yeux. Parce qu'il faudra que
« je m'en aille, très loin, un jour. Puis il faut que j'en aide d'autres :
« c'est mon devoir. Quoique ce ne soit guère ragoûtant…, chère
« âme… » Tout de suite je me pressentais, lui parti, en proie au vertige, précipitée dans l'ombre la plus affreuse : la mort. Je lui faisais promettre qu'il ne me lâcherait pas. Il l'a faite vingt fois, cette promesse d'amant. C'était aussi frivole que moi lui disant: « Je te « comprends. »
« Ah ! je n'ai jamais été jalouse de lui. Il ne me quittera pas, je crois. Que devenir ? Il n'a pas une connaissance, il ne travaillera jamais. Il veut vivre somnambule. Seules, sa bonté et sa charité lui donneraient-elles droit dans le monde réel ? Par instants, j'oublie la pitié où je suis tombée : lui me rendra forte, nous voyagerons, nous chasserons dans les déserts, nous dormirons sur les pavés des villes inconnues, sans soins, sans peines. Ou je me réveillerai, et les lois et les mœurs auront changé, – grâce à son pouvoir magique, – le monde, en restant le même, me laissera à mes désirs, joies, nonchalances. Oh ! la vie d'aventures qui existe dans les livres des enfants, pour me récompenser, j'ai tant souffert, me la donneras-tu ? Il ne peut pas. J'ignore son idéal. Il m'a dit avoir des regrets, des espoirs : cela ne doit pas me regarder. Parle-t-il à Dieu ? Peut-être devrais-je m'adresser à Dieu. Je suis au plus profond de l'abîme, et je ne sais plus prier.

So erneuerte sich mein Kummer ohne Unterlaß, und ich ward immer verstörter, in meinen Augen wie in den Augen derjenigen, die mich hätten sehen wollen, wär ich nicht für immer verdammt worden, von allen vergessen zu werden, und hungerte immer mehr nach seiner Güte. Küßte und umarmte er mich liebevoll, war es der Himmel, ein düsterer Himmel, in den ich eintrat und in dem ich hätte bleiben wollen, arm, taub, stumm und blind. Schon gewöhnte ich mich daran. Ich sah uns wie zwei artige Kinder, die ohne Sorge im Paradies der Traurigkeit spazierengehen. Wir stimmten miteinander überein! Tief gerührt, mühten wir uns gemeinsam. Doch nach einer durchdringenden Liebkosung sagte er: ›Wie seltsam dir das vorkommen wird, wenn ich nicht mehr da bin, was du durchlebt hast. Wenn du nicht mehr meine Arme unter deinem Nacken spüren wirst, nicht mehr mein Herz, um daran zu ruhen, noch diesen Mund auf deinen Augen. Denn ich werde fortgehen müssen, weit weg, eines Tages. Weil ich anderen helfen muß: das ist meine Pflicht. Auch wenn das nicht sehr verlockend sein wird ... liebe Seele ...‹ Sogleich sah ich mich schon, war er erst fort, in den Mahlstrom des Wahnsinns gestürzt, in den schlimmsten der Schatten: den Tod. Ich bat um sein Versprechen, mich nicht treulos zu verlassen. Er gab es mir ein dutzendmal, dieses Versprechen eines Geliebten. Es war ebenso leichtfertig, wie wenn ich zu ihm sagte: ›Ich verstehe dich!‹

Ach! nie war ich eifersüchtig auf ihn, nie! Ich glaube, er wird mich nie verlassen. Wo will er hin? Er hat keine Freunde, nie wird er Arbeit annehmen. Er will leben wie ein Schlafwandler. Geben Güte und Barmherzigkeit allein ihm ein Recht in dieser wirklichen Welt? Für Augenblicke vergesse ich meine Schande: er wird mir Kraft geben, zusammen werden wir reisen, in den Wüsten jagen, auf dem Pflaster unbekannter Städte schlafen, sorglos, arglos. Oder: ich werde aufwachen, und die Gesetze und Sitten sind andere geworden – dank seiner magischen Kraft –, die Welt bleibt die gleiche, doch läßt sie mir meine Wünsche, Freude, Lässigkeiten. Oh! das abenteuerliche Leben in den Kinderbüchern, wirst du es mir geben, um mich zu trösten? Er kann es nicht. Ich habe sein Traumbild nicht gesehn. Er hat mir gesagt, er habe Reue und Hoffnung: ich kann nichts damit anfangen. Spricht er zu Gott? Vielleicht sollte ich Gott bitten. Ich liege in der letzten Tiefe des Abgrunds, und ich kann nicht mehr beten.

« S'il m'expliquait ses tristesses, les comprendrais-je plus que ses railleries ? Il m'attaque, il passe des heures à me faire honte de tout ce qui m'a pu toucher au monde, et s'indigne si je pleure.
« Tu vois cet élégant jeune homme, entrant dans la belle et calme « maison : il s'appelle Duval, Dufour, Armand, Maurice, que sais-« je ? Une femme s'est dévouée à aimer ce méchant idiot : elle est « morte, c'est certes une sainte au ciel, à présent. Tu me feras « mourir comme il a fait mourir cette femme. C'est notre sort, à « nous, cœurs charitables... » Hélas ! il avait des jours où tous les hommes agissant lui paraissaient les jouets de délires grotesques : il riait affreusement, longtemps. – Puis, il reprenait ses manières de jeune mère, de sœur aimée. S'il était moins sauvage, nous serions sauvés ! Mais sa douceur aussi est mortelle. Je lui suis soumise. – Ah ! je suis folle !
« Un jour peut-être il disparaîtra merveilleusement ; mais il faut que je sache, s'il doit remonter à un ciel, que je voie un peu l'assomption de mon Petit ami ! »
Drôle de ménage !

DÉLIRES
II
ALCHIMIE DU VERBE

À moi. L'histoire d'une de mes folies.
Depuis longtemps je me vantais de posséder tous les paysages possibles, et trouvais dérisoires les célébrités de la peinture et de la poésie moderne.
J'aimais les peintures idiotes, dessus de portes, décors, toiles de saltimbanques, enseignes, enluminures populaires ; la littérature démodée, latin d'église, livres érotiques sans orthographe, romans de nos aïeules, contes de fées, petits livres de l'enfance, opéras vieux, refrains niais, rythmes naïfs.

Erklärte er mir seine Traurigkeiten, würde ich sie denn besser verstehen als seinen Spott? Er greift mich an, er verbringt Stunden damit, alles, was mich im Leben berührt, zu besudeln, und er wird ungehalten, wenn ich weine.
›Siehst du diesen eleganten jungen Mann dort, der in das schöne und stille Haus tritt? Er heißt Duval, Dufour, Armand, Maurice, was weiß ich. Eine Frau hat mit Hingabe diesen gemeinen Dummkopf geliebt. Jetzt ist sie tot und gewiß eine Heilige im Himmel. Auch du wirst mich umbringen, so wie er diese Frau umgebracht hat. Das ist unser Geschick und der Lohn für unser weiches, wohlwollendes Herz ...‹ Ach! es gab Tage, da kamen ihm alle arbeitenden Menschen vor wie Spielzeug, aufgezogen von grotesken Delirien ... Er konnte lange und gräßlich darüber lachen. Dann benahm er sich wieder wie eine junge Mutter, eine liebevolle Schwester. Wäre er weniger wild gewesen, wir hätten uns retten können! Aber auch seine Sanftmut ist tödlich. Ich bin ihm untertan. – Weh! ich bin töricht!
Eines Tages wird er vielleicht auf wunderbare Weise verschwinden; aber ich muß wissen, ob er zu einem der Himmel aufsteigt, ob ich die Himmelfahrt meines lieben Freundes ein wenig mitansehen kann.«
Wirklich, ein seltsames Paar, wir zwei!

DELIRIEN
II
ALCHIMIE DES WORTES

Zu mir! Hier der Bericht einer meiner Tollheiten.
Seit langem hab ich geprahlt, im Besitz aller möglichen Landschaften zu sein, und dann fand ich die Berühmtheiten der Malerei und modernen Dichtung einfach zum Lachen.
Ich liebte die Malerei von Geisteskranken, den Zierat auf Gesimsen und Türen, Tapisserien von Gauklern und Marktschreiern, Firmenschilder, die Ausmalkunst des Volkes, die Literatur von vorgestern, Kirchenlatein, erotische Bücher mit fehlerhafter Orthographie, Romane unserer Urgroßmütter, Feenmärchen, kleine Kinderbücher, alte Opern, alberne Abzählreime, banale Liedchen.

Je rêvais croisades, voyages de découvertes dont on n'a pas de relations, républiques sans histoires, guerres de religion étouffées, révolutions de mœurs, déplacements de races et de continents : je croyais à tous les enchantements.
J'inventai la couleur des voyelles ! – *A* noir, *E* blanc, *I* rouge, *O* bleu, *U* vert. – Je réglai la forme et le mouvement de chaque consonne, et, avec des rythmes instinctifs, je me flattai d'inventer un verbe poétique accessible, un jour ou l'autre, à tous les sens. Je réservais la traduction.
Ce fut d'abord une étude. J'écrivais des silences, des nuits, je notais l'inexprimable. Je fixais des vertiges :*
[...]

La vieillerie poétique avait une bonne part dans mon alchimie du verbe.
Je m'habituai à l'hallucination simple : je voyais très-franchement une mosquée à la place d'une usine, une école de tambours faite par des anges, des calèches sur les routes du ciel, un salon au fond d'un lac ; les monstres, les mystères ; un titre de vaudeville dressait des épouvantes devant moi.
Puis j'expliquai mes sophismes magiques avec l'hallucination des mots !
Je finis par trouver sacré le désordre de mon esprit. J'étais oisif, en proie à une lourde fièvre : j'enviais la félicité des bêtes, – les chenilles, qui représentent l'innocence des limbes, les taupes, le sommeil de la virginité !
Mon caractère s'aigrissait. Je disais adieu au monde dans d'espèces de romances :
[...]

J'aimai le désert, les vergers brûlés, les boutiques fanées, les boissons tiédies. Je me traînais dans les ruelles puantes et, les yeux fermés, je m'offrais au soleil, dieu de feu.
« Général, s'il reste un vieux canon sur tes remparts en ruines,

* Ausgelassen wurden im Folgenden die Gedichtbeispiele

Ich träumte von Kreuzzügen, Entdeckungsfahrten, über die noch keiner berichtet hat; Republiken ohne Geschichte, erstickte Religionskriege, Umwälzung der Sitten, Verschiebung von Rassen und Kontinenten. Jeglichem Zauber hing ich an.
Ich erfand die Farbe der Vokale! *A* schwarz, *E* weiß, *I* rot, *O* blau, *U* grün. – Ich bestimmte Form und Bewegung jedes Konsonanten. Mit instinktiven Rhythmen schmeichelte ich mir, ein poetisches Wort zu erfinden, das allen Sinnen dereinst zugänglich sein wird. Ich behielt mir die Übersetzung vor.
Zunächst war es nicht mehr als ein Entwurf. Ich schrieb das Schweigen, die Nächte, notierte das Unaussprechliche. Ich maß die Abgründe:
[...]

An meiner Alchimie des Wortes hatte der alte poetische Plunder großen Anteil.
Ich übte mich in den einfachsten Halluzinationen: ich konnte ganz deutlich eine Moschee anstelle einer Fabrik sehen; eine Tambour-Schule aus Engeln, Kaleschen auf den Himmelsstraßen, einen Salon auf dem Grunde eines Sees; Monstren und Mysterien, der Titel einer Posse sprang mir leibhaftig vor den Augen herum. Hernach erklärte ich meine magischen Sophismen mit der Halluzination der Worte!
Zu guter Letzt sprach ich die Unordnung meines Geistes heilig.
Ich ging müßig, war Beute eines schweren Fiebers. Ich beneidete die Tiere um ihr Glück, die Raupen, die die Unschuld des Vorhimmels symbolisieren, die Maulwürfe, die der Schlaf der Jungfräulichkeit sind!
Mein ganzes Wesen schärfte sich. Ich nahm meinen Abschied von der Welt in einer Art Romanzen:
[...]

Ich liebte die Wüste, die verdorrten Obstgärten, verblichenen Trödel, laue Getränke. Ich schleppte mich durch stinkende Gassen, die Augen geschlossen, und gab mich der Sonne hin, dem Gott des Feuers.
»General, wenn du noch eine Kanone auf deinen Festungsruinen

bombarde-nous avec des blocs de terre sèche. Aux glaces des magasins splendides ! dans les salons ! Fais manger sa poussière à la ville. Oxyde les gargouilles. Emplis les boudoirs de poudre de rubis brûlante… »
Oh ! le moucheron enivré à la pissotière de l'auberge, amoureux de la bourrache, et que dissout un rayon ! :
[…]

Enfin, ô bonheur, ô raison, j'écartai du ciel l'azur, qui est du noir, et je vécus, étincelle d'or de la lumière *nature*. De joie, je prenais une expression bouffonne et égarée au possible :
[…]

Je devins un opéra fabuleux : je vis que tous les êtres ont une fatalité de bonheur : l'action n'est pas la vie, mais une façon de gâcher quelque force, un énervement. La morale est la faiblesse de la cervelle.
À chaque être, plusieurs *autres* vies me semblaient dues. Ce monsieur ne sait ce qu'il fait : il est un ange. Cette famille est une nichée de chiens. Devant plusieurs hommes, je causai tout haut avec un moment d'une de leurs autres vies. – Ainsi, j'ai aimé un porc.
Aucun des sophismes de la folie, – la folie qu'on enferme, – n'a été oublié par moi : je pourrais les redire tous, je tiens le système.
Ma santé fut menacée. La terreur venait. Je tombais dans des sommeils de plusieurs jours, et, levé, je continuais les rêves les plus tristes. J'étais mûr pour le trépas, et par une route de dangers ma faiblesse me menait aux confins du monde et de la Cimmérie, patrie de l'ombre et des tourbillons.
Je dus voyager, distraire les enchantements assemblés sur mon cerveau. Sur la mer, que j'aimais comme si elle eût dû me laver d'une souillure, je voyais se lever la croix consolatrice. J'avais été damné par l'arc-en-ciel. Le Bonheur était ma fatalité, mon remords, mon ver : ma vie serait toujours trop immense pour être dévouée à la force et à la beauté.

hast, so bombardiere uns mit trocknen Erdklumpen. Hinein in die Scheiben der prunkvollen Läden! In die Salons! Laß die Stadt ihren eigenen Dreck fressen! Oxydiere die Wasserspeier! Jage den rubinroten Feuerpuder in die Boudoirs …«
Oh! die trunkene kleine Fliege dort auf dem Abtritt der Herberge, wie sie verliebt ins Gurkenkraut ist, und ein Lichtstrahl löst sie auf!:
[…]

Endlich, o Glück, o Vernunft, konnt ich vom Himmel das Azur abkratzen, das schwarz ist, und ich habe gelebt – ein Goldfunke des Lichts *Natur.* Vor Freude nahm ich so gut es ging einen clownesken und verzückten Ausdruck an:
[…]

Ich verwandelte mich in eine Fabeloper. Ich sah, wie alle Menschen die Neigung haben, ins Glück zu fallen: Tun ist nicht Leben, aber eine Möglichkeit, etwas Kraft zu verschleudern, die Nerven zu lassen. Moral ist Schwäche des Gehirns.
Ich meine, um jedes Wesen falten sich noch *andere* Wesen. Dieser Herr da weiß nicht, was er tut: er ist ein Engel. Jene Familie dort ist eine Rotte von Hunden. Vor vielen Menschen habe ich ganz laut mit einem Moment ihrer anderen Wesen gesprochen. – So liebte ich einmal ein Schwein.
Keine Spielart der Tollheit – die Tollheit, die man verschließt, ist von mir übersehen worden. Ich könnte sie alle ausplaudern, ich kenne das System.
Meine Gesundheit ward bedroht. Entsetzen sprang mich an. Ich fiel in einen tagelangen Schlaf, und wenn ich erwachte, spann ich die finstersten Träume weiter. Ich war reif für den Tod, und über eine Straße der Gefahren führte mich meine Schwäche ans äußerste Ende der Welt. So kam ich zu den Kimbriern, in die Heimat der Schatten und der Wirbelstürme.
Ich mußte reisen, die in meinem Gehirn angesammelten Reize zerstreuen. Auf dem Meer, das ich liebe, sah ich das tröstende Kreuz sich erheben. Ich ward verdammt vom Regenbogen. Das Glück war meine Fatalität, mein Gewissensbiß, mein nagender Wurm. Stets wird mein Leben zu maßlos sein, daß ich mich der Kraft und der Schönheit widmen könnte.

Le Bonheur ! Sa dent, douce à la mort, m'avertissait au chant du-coq, – *ad matutinum,* au *Christus venit,* – dans les plus sombres villes :
[...]

Cela s'est passé. Je sais aujourd'hui saluer la beauté.

L'IMPOSSIBLE

Ah ! cette vie de mon enfance, la grande route par tous les temps, sobre surnaturellement, plus désintéressé que le meilleur des mendiants, fier de n'avoir ni pays, ni amis, quelle sottise c'était. – Et je m'en aperçois seulement !
– J'ai eu raison de mépriser ces bonshommes qui ne perdraient pas l'occasion dune caresse, parasites de la propreté et de la santé de nos femmes, aujourd'hui qu'elles sont si peu d'accord avec nous.
J'ai eu raison dans tous mes dédains : puisque je m'évade !
Je m'évade !
Je m'explique.
Hier encore, je soupirais : « Ciel ! sommes-nous assez de damnés ici-bas ! Moi j'ai tant de temps déjà dans leur troupe ! Je les connais tous. Nous nous reconnaissons toujours ; nous nous dégoûtons. La charité nous est inconnue. Mais nous sommes polis ; nos relations avec le monde sont très-convenables. » Est-ce étonnant ? Le monde ! les marchands, les naïfs ! – Nous ne sommes pas déshonorés. – Mais les élus, comment nous recevraient-ils ? Or il y a des gens hargneux et joyeux, de faux élus, puisqu'il nous faut de l'audace ou de l'humilité pour les aborder. Ce sont les seuls élus. Ce ne sont pas des bénisseurs !
M'étant retrouvé deux sous de raison – ça passe vite ! – je vois que mes malaises viennent de ne m'être pas figuré assez tôt que nous sommes à l'Occident. Les marais occidentaux ! Non que je croie la lumière altérée, la forme exténuée, le mouvement égaré...

Das Glück! Sein Zahn, so sanft im Tod, warnte mich beim Hahnenschrei - *ad matutinum*, beim *Christus venit* - in den verschattetsten Städten:
[...]

All das ist vorbei. Heute versteh ich mich darauf, die Schönheit zu empfangen.

DAS UNMÖGLICHE

Ach! das Leben meiner Kindheit, die lange Straße durch alle Zeiten, auf der man sich selber kaum verließ, gleichgültiger als der edelste der Bettler, stolz darauf, weder Heimat noch Freunde zu kennen. Welche Dummheit. - Und erst heute werde ich es gewahr!
- Es war schon recht, daß ich jene Spießer verachtete, die keine Gelegenheit zur Schmeichelei auslassen - Parasiten an der Reinheit und Blüte unserer Frauen, die heut so wenig mit uns harmonieren wollen.
Ich hatte recht zu verachten, zu schmähn: weil ich mich davonmache!
Ich mach mich davon!
Ich will mich erklären.
Noch gestern stöhnte ich: »Himmel! wir sind genug gestraft hienieden! Schon so lange trotte ich in diesem Kreis. Ich kenne die andern alle, wir erkennen einander. Wir sind uns zuwider. Nächstenliebe ist uns unbekannt. Aber wir wahren die Etikette. Unsere Beziehungen zur Welt sind tadellos.« Ist das erstaunlich? Die Welt! die Krämer, die Unbedarften! - Kein Wort von Unehre zu uns. - Aber die Erwählten, wie würden sie uns empfangen? Es sind zänkische und fröhliche Leute darunter, manche zu Un-recht erwählt, und so brauchen wir Kühnheit oder Demut, uns ihnen zu nähern. Diese sind die einzig Erwählten. Keine Heldenväter!
Jetzt hab ich meine zwei Pfennig Verstand wieder - aber das ist rasch vertan! -, und nun seh ich, mein ganzes Mißbehagen rührt daher, daß ich mir nicht beizeiten gesagt habe, wir sind ja im Abendland! Die abendländischen Sümpfe! Nicht daß ich meinte, das Licht hätte sich verändert, die Form entkräftet, die Bewegung

Bon ! voici que mon esprit veut absolument se charger de tous les développements cruels qu'a subis l'esprit depuis la fin de l'Orient

… Il en veut, mon esprit !

… Mes deux sous de raison sont finis ! – L'esprit est autorité, il veut que je sois en Occident. Il faudrait le faire taire pour conclure comme je voulais.

J'envoyais au diable les palmes des martyrs, les rayons de l'art, l'orgueil des inventeurs, l'ardeur des pillards ; je retournais à l'Orient et à la sagesse première et éternelle. – Il paraît que c'est un rêve de paresse grossière !

Pourtant, je ne songeais guère au plaisir d'échapper aux souffrances modernes. Je n'avais pas en vue la sagesse bâtarde du Coran. – Mais n'y a-t-il pas un supplice réel en ce que, depuis cette déclaration de la science, le christianisme, l'homme *se joue*, se prouve les évidences, se gonfle du plaisir de répéter ces preuves, et ne vit que comme cela ! Torture subtile, niaise ; source de mes divagations spirituelles. La nature pourrait s'ennuyer, peut-être ! M. Prudhomme est né avec le Christ.

N'est-ce pas parce que nous cultivons la brume ! Nous mangeons la fièvre avec nos légumes aqueux. Et l'ivrognerie ! et le tabac ! et l'ignorance ! et les dévouements ! – Tout cela est-il assez loin de la pensée de la sagesse de l'Orient, la patrie primitive ? Pourquoi un monde moderne, si de pareils poisons s'inventent !

Les gens d'Église diront : C'est compris. Mais vous voulez parler de l'Éden. Rien pour vous dans l'histoire des peuples orientaux. – C'est vrai ; c'est à l'Éden que je songeais ! Qu'est-ce que c'est pour mon rêve, cette pureté des races antiques !

Les philosophes : Le monde n'a pas d'âge. L'humanité se déplace, simplement. Vous êtes en Occident, mais libre d'habiter dans votre Orient, quelque ancien qu'il vous le faille, – et d'y habiter bien. Ne soyez pas un vaincu. Philosophes, vous êtes de votre Occident.

sei schwankend geworden. Und wennschon! Mein Geist will sich unbedingt die grausamen Entwicklungen alle aufladen, die er seit dem Ende des Orients mit sich hat geschehen lassen ... Es gilt, mein Geist!

Meine zwei Pfennig Verstand sind ausgegeben. Der Geist ist Autorität, er verlangt, daß ich im Abendland bleiben soll. Man muß ihn zum Schweigen bringen, damit ich hier ungestört fortfahren kann.

Die Palmen der Märtyrer schick ich zum Teufel! Samt der Blüte der Kunst, dem Stolz der Erfinder, dem Eifer der Plagiatoren! Ich kehre zum Orient zurück, zur ersten und ewigen Weisheit. – Sieht aus, als wärs ein Traum, den Faulheit geboren hat! Dennoch, mein Traum galt nicht der Lust, den modernen Leiden zu entkommen. Ich dachte auch nicht an die Bastardweisheit des Koran. – Aber: liegt nicht eine wahre Qual darin, daß, seit der Erklärung der Wissenschaft, das Christentum, der Mensch *sich spielt*, sich seine Überzeugung beweisen will, sich dabei vor Freude bläht, diese Beweise zu wiederholen, und nur so leben kann! Eine subtile und naive Folter, Quelle meiner geistigen Abschweifungen. Die Natur könnte sich langweilen, schon möglich! Aber Herr Prudhomme ist zusammen mit Christus auf die Welt gekommen.

Und das gewiß, weil wir den Nebel pflegen! Mit unserm Wassergemüse essen wir das Fieber. Und die Trunksucht! Und der Tabak! Und die Unwissenheit! Und die Ergebenheiten! Ist das alles nicht ziemlich weit entfernt von der Weisheit des Ostens, vom ursprünglichen Vaterland? Wozu eine moderne Welt, wenn derartige Gifte erfunden werden?

Die Kirchenmänner werden sagen: Das ist richtig. Aber du willst doch vom Paradies reden. Das findest du nicht in der Geschichte der Völker des Ostens. – Das ist wahr, ich habe an den Garten Eden gedacht. Was kann das bedeuten für meinen Traum – diese Reinheit antiker Rassen?

Die Philosophen sagen: Die Welt hat kein Alter. Die Menschheit ändert ganz einfach nur ihren Ort. Du bist im Okzident, aber es steht dir frei, in deinem Orient zu wohnen, so alt wie du ihn haben möchtest – und dich dort wohlzubefinden. Laß dich nicht abschieben zu den Besiegten. – Ihr Philosophen, ihr seid aus eurem Abendland.

Mon esprit, prends garde. Pas de partis de salut violents. Exerce-toi ! – Ah ! la science ne va pas assez vite pour nous !
– Mais je m'aperçois que mon esprit dort.
S'il était bien éveillé toujours à partir de ce moment, nous serions bientôt à la vérité, qui peut-être nous entoure avec ses anges pleurant !... – S'il avait été éveillé jusqu'à ce moment-ci, c'est que je n'aurais pas cédé aux instincts délétères, à une époque immémoriale !... – S'il avait toujours été bien éveillé, je voguerais en pleine sagesse !...
Ô pureté ! pureté !
C'est cette minute d'éveil qui m'a donné la vision de la pureté ! – Par l'esprit on va à Dieu !
Déchirante infortune !

L'ÉCLAIR

Le travail humain ! c'est l'explosion qui éclaire mon abîme de temps en temps.
« Rien n'est vanité ; à la science, et en avant ! » crie l'Ecclésiaste moderne, c'est-à-dire *Tout le monde*. Et pourtant les cadavres des méchants et des fainéants tombent sur le cœur des autres... Ah ! vite, vite un peu ; là-bas, par delà la nuit, ces récompenses futures, éternelles... les échappons-nous ?...
– Qu'y puis-je ? Je connais le travail ; et la science est trop lente. Que la prière galope et que la lumière gronde... je le vois bien. C'est trop simple, et il fait trop chaud ; on se passera de moi. J'ai mon devoir, j'en serai fier à la façon de plusieurs, en le mettant de côté.
Ma vie est usée. Allons ! feignons, fainéantons, ô pitié ! Et nous existerons en nous amusant, en rêvant amours monstres et univers fantastiques, en nous plaignant et en querellant les apparences du monde, saltimbanque, mendiant, artiste, bandit, – prêtre ! Sur mon lit d'hôpital, l'odeur de l'encens m'est revenue si puissante ; gardien des aromates sacrés, confesseur, martyr...

Mein Geist, gib acht, keine gewaltsamen Heilsschlüsse! Übe dich. – Ach! die Wissenschaft geht mir nicht schnell genug!
Da bemerke ich, daß mein Geist schläft.
Würd er von Stund an geweckt werden für immer, wär ich fast bei der Wahrheit angelangt, die mit ihren weinenden Engeln vielleicht unter uns ist! ... Und wär er vorzeiten geweckt worden, hätt ich nicht den verderblichen Instinkten nachgegeben, in jener unvorstellbaren Zeit ... Wär er stets richtig geweckt gewesen – die Wogen der Weisheit trügen mich! ...
O Reinheit! Reinheit!
In dieser Minute des Erwachens kam mir die Vision der Reinheit. – Durch den Geist gelangt man zu Gott!
Herzzerreißendes Unglück!

DER BLITZSTRAHL

Die menschliche Arbeit! Das ist die Explosion, die von Zeit zu Zeit meinen Abgrund erhellt.
»Nichts ist eitel, es lebe die Wissenschaft, und vorwärts«, so ruft der moderne Salomo, das heißt *Herr Jedermann*. Und doch begraben die Leichen der Übeltäter und Faulenzer die Herzen der anderen ... Ach! schnell, schnell doch! Da unten, jenseits der Nacht, die künftigen Strafen ... werden wir ihnen entkommen? ...
Was soll ich denn? Die Arbeit kenne ich, und die Wissenschaft hinkt. Daß das Gebet galoppiert und das Licht rollt ... sehe ich. Das ist mir alles zu simpel, zu viel Hitze, ich werde auf sie stolz sein wie manch einer und sie beiseite schieben!
Mein Leben ist verbraucht. Doch weiter! Auf dem Wege der Heuchelei und des Müßiggangs. Erbarmen! Ich bin, und also will ich mich amüsieren, träumen von ungeheuerlicher Liebe, von einem phantastisch ausschweifenden Universum. Und mich beklagen und zum Zwiegespräch herausfordern die Schatten und Einbildungen der Welt! Gaukler, Bettler, Künstler, Banditen – und Priester! Auf meinem Krankenlager kam mir der Geruch von Weihrauch so mächtig in den Sinn; all diese Hüter der heiligen Gerüche, Beichtväter, Märtyrer ...
Da erkannte ich die schmutzige Erziehung meiner Kindheit.

Je reconnais là ma sale éducation d'enfance. Puis quoi !... Aller-mes vingt ans, si les autres vont vingt ans...
Non ! non ! à présent je me révolte contre la mort ! Le travail paraît trop léger à mon orgueil : ma trahison au monde serait un supplice trop court. Au dernier moment, j'attaquerais à droite, à gauche...
Alors, – oh ! – chère pauvre âme, l'éternité serait-elle pas perdue pour nous !

MATIN

N'eus-je pas *une fois* une jeunesse aimable, héroïque, fabuleuse, à écrire sur des feuilles d'or, – trop de chance ! Par quel crime, par quelle erreur, ai-je mérité ma faiblesse actuelle ? Vous qui prétendez que des bêtes poussent des sanglots de chagrin, que des malades désespèrent, que des morts rêvent mal, tâchez de raconter ma chute et mon sommeil. Moi, je ne puis pas plus m'expliquer que le mendiant avec ses continuels *Pater* et *Ave Maria. Je ne sais plus parler !*
Pourtant, aujourd'hui, je crois avoir fini la relation de mon enfer. C'était bien l'enfer ; l'ancien, celui dont le fils de l'homme ouvrit les portes.
Du même désert, à la même nuit, toujours mes yeux las se réveillent à l'étoile d'argent, toujours, sans que s'émeuvent les Rois de la vie, les trois mages, le cœur, l'âme, l'esprit. Quand irons-nous, par delà les grèves et les monts, saluer la naissance du travail nouveau, la sagesse nouvelle, la fuite des tyrans et des démons, la fin de la superstition, adorer – les premiers ! – Noël sur la terre !
Le chant des cieux, la marche des peuples ! Esclaves, ne maudissons pas la vie.

Aber was solls! Meine zwanzig Jahre will ich noch machen, wenn es die andern auch so lange können ...
Nein, nein? Jetzt revoltiere ich gegen den Tod! Arbeit ist zu leicht für meinen Stolz: mein Verrat an der Welt wäre eine zu kurze Marter. Wenn es nicht anders geht, werde ich nach rechts und links ausschlagen ...
Dann – o meine liebe arme Seele, wäre die ewige Seligkeit mir nicht verloren!

MORGEN

Besaß ich *einst* nicht eine liebenswerte, kühn-märchenhafte Jugend, wert, auf Blättern aus Gold aufgezeichnet zu werden – ach, es war zu viel Glück. Durch welche Verbrechen, welchen Irrtum habe ich meinen jetzigen Verfall verdient? Ihr, die ihr behauptet, daß die wilden Tiere aus Kummer weinen, Kranke verzweifeln, Tote böse Träume haben: wollet doch einmal meinen Fall und meinen Tiefschlaf erzählen. Ich kann mich selbst nicht mehr erklären, ebensowenig wie ein Bettler mit seinem ewigen *Pater* und *Ave Maria. Ich hab keine Sprache mehr!*
Und dennoch, ich glaube heute, mit meinem Bericht über die Hölle ans Ende gekommen zu sein. Es war die Hölle, durchaus!, die allbekannte Hölle, deren Pforten der Menschensohn geöffnet hatte.
Aus der gleichen Wüste, der gleichen Nacht erwachen meine müden Augen stets aufs neue und erblicken den silberklaren Stern, der die Könige des Lebens, die drei Weisen Herz, Seele und Geist, immer wieder ungerührt läßt. Wann werden wir über alle Gestade und Berge hinweg die Geburt der neuen Arbeit begrüßen, die neue Weisheit, die Flucht der Tyrannen und Dämonen, das Ende des Aberglaubens, und anbeten – als Erste! – die Weihenacht auf Erden?
Gesang der Himmel, Marsch der Völker! Sklaven, verfluchen wir nicht das Leben.

ADIEU

L'automne déjà ! – Mais pourquoi regretter un éternel soleil, si nous sommes engagés à la découverte de la clarté divine, – loin des gens qui meurent sur les saisons.
L'automne. Notre barque élevée dans les brumes immobiles tourne vers le port de la misère, la cité énorme au ciel taché de feu et de boue. Ah ! les haillons pourris, le pain trempé de pluie, l'ivresse, les mille amours qui m'ont crucifié ! Elle ne finira donc point cette goule reine de millions d'âmes et de corps morts *et qui seront jugés* ! Je me revois la peau rongée par la boue et la peste, des vers plein les cheveux et les aisselles et encore de plus gros vers dans le cœur, étendu parmi les inconnus sans âge, sans sentiment… J'aurais pu y mourir… L'affreuse évocation ! J'exècre la misère.
Et je redoute l'hiver parce que c'est la saison du confort !
– Quelquefois je vois au ciel des plages sans fin couvertes de blanches nations en joie. Un grand vaisseau d'or, au-dessus de moi, agite ses pavillons multicolores sous les brises du matin. J'ai créé toutes les fêtes, tous les triomphes, tous les dramas. J'ai essayé d'inventer de nouvelles fleurs, de nouveaux astres, de nouvelles chairs, de nouvelles langues. J'ai cru acquérir des pouvoirs surnaturels. Eh bien ! je dois enterrer mon imagination et mes souvenirs ! Une belle gloire d'artiste et de conteur emportée !
Moi ! moi qui me suis dit mage ou ange, dispensé de toute morale, je suis rendu au sol, avec un devoir à chercher, et la réalité rugueuse à étreindre ! Paysan !
Suis-je trompé ? la charité serait-elle sœur de la mort, pour moi ?
Enfin, je demanderai pardon pour m'être nourri de mensonge. Et allons.
Mais pas une main amie ! et où puiser le secours ?

Oui, l'heure nouvelle est au moins très sévère.
Car je puis dire que la victoire m'est acquise : les grincements de

ABSCHIED

Schon ist es Herbst! – Doch warum eine ewige Sonne beklagen, da wir aufgerufen sind, die göttliche Klarheit zu entdecken – weitab von denen, die über den Wechsel der Jahreszeiten zu Grabe gehn.
Der Herbst. Unsere Barke, aufragend im unbeweglichen Nebel, stößt in den Hafen des Elends, der riesigen Himmelsstadt aus Feuer und Dreck. Ach! die verfaulten Lumpen, das vom Regen aufgeweichte Brot, die Trunkenheit, die tausend Umarmungen, die mich gekreuzigt haben! Hier wird das Ende nicht zu finden sein dieser leichenfressenden Königin von Millionen Seelen und toter Leiber … *die das Gericht erwartet!* Wieder betrachte ich meine von Dreck und Pest zernagte Haut, Würmer in den Haaren und in den Achselhöhlen, die dicksten davon im Herzen, ausgestreckt unter den Unbekannten ohne Alter, ohne Gefühl … Ich hätte hier sterben können … Welch schreckliche Erinnerung. Ich verdamme das Elend!
Und ich fürchte den Winter, weil es die Zeit des Nichtstuns ist.
Zuweilen erblicke ich am Himmel Strände ohne Ende, bevölkert von freudigen weißen Menschenmassen. Ein großes goldenes Schiff über mir bewegt seine vielfarbenen Wimpel in der Brise des Morgens. Ich habe alle Feste, alle Siege, alle Dramen geschaffen. Ich hab versucht, neue Blumen zu erfinden, neue Sterne, neue Sinnlichkeiten, neue Sprachen. Ich habe geglaubt, übernatürliche Kräfte zu gewinnen. Nun ja! Ich muß meine Imagination und meine Erinnerung zu Grabe tragen. Das ist wahrlich ein schöner Ruhm als Künstler und passionierter Erzähler.
Ich, der ich mich für einen Magier, für einen Engel ausgegeben habe, jeder Moral entbunden, ich bin der Erde zurückgegeben und muß die rauhe Wirklichkeit umarmen! Ganz wie ein Bauer.
Hab ich mich getäuscht? Wird die Nächstenliebe, für mich, nur eine Schwester des Todes sein?
So will ich denn um Vergebung bitten, weil ich mich von der Lüge genährt habe. Und weiter!
Und keine Hand eines Freundes. Wo Hilfe finden?

Die neue Stunde ist vor allem gewichtig-ernst. Doch!
Denn ich kann sagen, daß der Sieg mir gehört: das Zähneknir-

dents, les sifflements de feu, les soupirs empestés se modèrent. Tous les souvenirs immondes s'effacent. Mes derniers regrets détalent, – des jalousies pour les mendiants, les brigands, les amis de la mort, les arriérés de toutes sortes. – Damnés, si je me vengeais !

Il faut être absolument moderne.

Point de cantiques : tenir le pas gagné. Dure nuit ! le sang séché fume sur ma face, et je n'ai rien derrière moi, que cet horrible arbrisseau !... Le combat spirituel est aussi brutal que la bataille d'hommes ; mais la vision de la justice est le plaisir de Dieu seul.

Cependant c'est la veille. Recevons tous les influx de vigueur et de tendresse réelle. Et à l'aurore, armés d'une ardente patience, nous entrerons aux splendides villes.

Que parlais-je de main amie ! Un bel avantage, c'est que je puis rire des vieilles amours mensongères, et frapper de honte ces couples menteurs, – j'ai vu l'enfer des femmes là-bas ; – et il me sera loisible de *posséder la vérité dans une âme et un corps*.

Avril–août, 1873.

schen, das Zischen des Feuers, die verpesteten Seufzer – alles verebbt. Alle unreinen Erinnerungen lösen sich auf. Mein letztes Bedauern läuft davon: Eifersucht auf die Bettler, die Briganten, die Freunde des Todes, die Zuspätgekommenen aller Art. Verdammt wären sie, wollte ich mich rächen!
Man muß vollkommen modern sein.
Keine Lobgesänge mehr: den erreichten Schritt halten. Harte Nacht! Das getrocknete Blut dampft auf meinem Gesicht, und ich habe nichts hinter mir als diesen furchtbaren Strauch ... Der Kampf des Geistes ist ebenso brutal wie eine Menschenschlacht. Die Vision der Gerechtigkeit ist das alleinige Vergnügen Gottes.
Das ist nun der Vorabend. Nehmen wir alles auf, was an Lebenskraft und echter Zärtlichkeit naht! Und steigt das Morgenrot auf, werden wir, mit brennender Geduld gewappnet, die glänzenden Städte betreten.
Was red ich von der Hand eines Freundes! Mein Vorteil ist, über alte verlogene Lieben lachen zu können und die lügenhaften Pärchen mit Schande zu schlagen. Ich hab da unten die Hölle der Frauen gesehn; – und es wird mir erlaubt sein, *die Wahrheit in einem Leib und einer Seele zu besitzen.*

Fritz Rudolf Fries

Illuminations | Illuminationen

1873–1875

APRÈS LE DÉLUGE

Aussitôt que l'idée du Déluge se fut rassise,
Un lièvre s'arrêta dans les sainfoins et les clochettes mouvantes et dit sa prière à l'arc-en-ciel à travers la toile de l'araignée.
Oh ! les pierres précieuses qui se cachaient, – les fleurs qui regardaient déjà.
Dans la grande rue sale les étals se dressèrent, et l'on tira les barques vers la mer étagée là-haut comme sur les gravures.
Le sang coula, chez Barbe-Bleue, – aux abattoirs, – dans les cirques, où le sceau de Dieu blêmit les fenêtres. Le sang et le lait coulèrent.
Les castors bâtirent. Les « mazagrans » fumèrent dans les estaminets.
Dans la grande maison de vitres encore ruisselante les enfants en deuil regardèrent les merveilleuses images.
Une porte claqua, – et sur la place du hameau, l'enfant tourna ses bras, compris des girouettes et des coqs des clochers de partout, sous l'éclatante giboulée.
Madame *** établit un piano dans les Alpes. La messe et les premières communions se célébrèrent aux cent mille autels de la cathédrale.
Les caravanes partirent. Et le Splendide-Hôtel fut bâti dans le chaos de glaces et de nuit du pôle.
Depuis lors, la Lune entendit les chacals piaulant par les déserts de thym, – et les églogues en sabots grognant dans le verger. Puis, dans la futaie violette, bourgeonnante, Eucharis me dit que c'était le printemps.
– Sourds, étang, – Écume, roule sur le pont et par-dessus les bois ; – draps noirs et orgues, – éclairs et tonnerre, – montez et roulez ; – Eaux et tristesses, montez et relevez les Déluges.
Car depuis qu'ils se sont dissipés, – oh les pierres précieuses s'enfouissant, et les fleurs ouvertes ! – c'est un ennui ! et la Reine, la Sorcière qui allume sa braise dans le pot de terre, ne voudra jamais nous raconter ce qu'elle sait, et que nous ignorons.

NACH DER SINTFLUT

Als der Gedanke der Sintflut sich wieder gelegt hatte,
Stand ein Hase zwischen den Schmetterlingsblütlern und den wiegenden Glockenblumen still und sprach, durch den Schleier der Spinne hindurch, sein Gebet zum Regenbogen.
Oh! Die Edelsteine, die sich noch verbargen, - die Blumen, die schon aufblickten.
An der schmutzigen Hauptstraße wurden die Fleischbänke wieder aufgemacht, und man zog die Barken ans Meer, das sich zur Ferne emporstockte wie auf Gemälden.
Blut wurde wieder vergossen, beim Blaubart, in den Schlachthäusern, in jenen Zirkussen, wo Gottes Siegel die Fenster blind macht. Blut und Milch flossen.
Die Biber bauten. Der Mazagrankaffee dampfte in den Wirtschaften.
In dem großen, noch triefenden Glashause besahen die hinterbliebenen Kinder in Trauerkleidung wundersame Bilder.
Eine Tür knallte; und auf dem Dorfplatz schwenkte ein Knabe die Arme, sehr wohl verstanden von den Wetterfahnen und Hähnen rings auf den Kirchtürmen, im graupelnden Aprilwetter.
Frau Soundso stellte ein Klavier in den Alpen auf. Die Messe und die Erstkommunionen fanden wieder statt an den hunderttausend Altären der Kathedrale.
Die Karawanen brachen auf. Und das Splendid-Hotel wurde im Chaos von Eis und Nacht am Nordpol errichtet.
Dann hörte der Mond die Schakale in den Thymianwüsten jaulen, die Hirtengedichte kreisten in Holzschuhen durch ihre Obstgärten. Im violetten Hochwald zwischen den Knospen sagte mir Eucharis, es sei der Frühling.
Schwill an, Teich - schäume du auch einmal über die Brücke und durchrolle die Wälder - schwarze Laken und Orgeln, Blitze und Donner, schwellt und grollt - Gewässer und Traurigkeiten, entrollt euch und wiederholt die Sintfluten.
Denn seit sie sich verlaufen haben -: oh, die verschlammten Edelsteine und die entblößten Blumen! Es ist eine Qual! Und die Königin, die Zauberin, die ihre Herdglut im irdenen Topf entzündet, wird uns nie mehr die Geheimnisse erzählen, all das, was sie weiß und wir nicht.

ENFANCE

I

Cette idole, yeux noirs et crin jaune, sans parents ni cour, plus noble que la fable, mexicaine et flamande ; son domaine, azur et verdure insolents, court sur des plages nommées, par des vagues sans vaisseaux, de noms férocement grecs, slaves, celtiques.
À la lisière de la forêt – les fleurs de rêve tintent, éclatent, éclairent, – la fille à lèvre d'orange, les genoux croisés dans le clair déluge qui sourd des prés, nudité qu'ombrent, traversent et habillent les arcs-en-ciel, la flore, la mer.
Dames qui tournoient sur les terrasses voisines de la mer ; enfantes et géantes, superbes noires dans la mousse vert-degris, bijoux debout sur le sol gras des bosquets et des jardinets dégelés, – jeunes mères et grandes sœurs aux regards pleins de pèlerinages, sultanes, princesses de démarche et de costume tyranniques, petites étrangères et personnes doucement malheureuses.
Quel ennui, l'heure du « cher corps » et « cher cœur ».

II

C'est elle, la petite morte, derrière les rosiers. – La jeune maman trépassée descend le perron. – La calèche du cousin crie sur le sable. – Le petit frère (il est aux Indes !) là, devant le couchant, sur le pré d'œillets. – Les vieux qu'on a enterrés tout droits dans le rempart aux giroflées.
L'essaim des feuilles d'or entoure la maison du général. Ils sont dans le midi. – On suit la route rouge pour arriver à l'auberge vide. Le château est à vendre ; les persiennes sont détachées. – Le curé aura emporté la clef de l'église. – Autour du parc, les loges des gardes sont inhabitées. Les palissades sont si hautes qu'on ne voit que les cimes bruissantes. D'ailleurs il n'y a rien à voir là-dedans.

KINDHEIT

I

Götzenbild, schwarze Augen und gelbe Mähne, ohne Eltern und Heim, vornehmer als das mexikanische und flämische Märchen: Sein Bezirk, maßloses Azurblau und Grün, erstreckt sich über berühmte Küsten, über Fluten ohne Schiffe mit gewaltig griechischen, slawischen, keltischen Namen.
Am Waldsaum (die Traumblumen klingen, knospen, funkeln) kreuzt das Mädchen mit den Orangelippen ihre Knie inmitten der lichten Sintflut, die aus den Wiesen quillt, Nacktheit, beschattet, bekleidet und durchschwungen von den Regenbogen, von allen Blüten, vom Meer.
Damen, die auf den Terrassen dicht am Meer hinwirbeln, Mägdlein und Riesinnen, herrliche Negerinnen im graugrünen Moos, Kleinodien, aufgestellt auf dem fetten Boden der Lustwäldchen und betauten Gärten – junge Mütter und große Schwestern mit Augen voller Wallfahrten, und Sultaninnen, Prinzessinnen, herrisch in Gang und Tracht, fremde kleine Frauen und sanft unglückliche.
Aber die Stunde des »geliebten Körpers« und »teuren Herzens« –: nur Verdruß!

II

Da liegt die kleine Tote hinter den Rosenstöcken. – Die abgeschiedene junge Mama kommt die Freitreppe herab. – Des Vetters Kutsche knirscht über den Kies. – Der kleine Bruder dort (er ist in Indien!) steht auf dem Nelkenbeet vor dem Sonnenuntergang. – Die Alten, beerdigt in gerader Haltung, unter einem Wall von Levkojen.
Ein Schwarm goldener Blätter umsirrt das Haus des Generals. Sie sind im Süden. – Auf der roten Straße gelangt man zur leeren Herberge. Das Schloß ist zu verkaufen; herabgelassene Rolläden. – Den Schlüssel zur Kirche wird der Pfarrer an sich genommen haben. – Unbewohnt die Wächterhäuschen rund um den Park. Die Umzäumung ist so hoch, daß man nur die rauschenden Wipfel erblickt. Sonst ist drinnen nichts mehr zu bemerken.

Les prés remontent aux hameaux sans coqs, sans enclumes. L'écluse est levée. Ô les calvaires et les moulins du désert, les îles et les meules !
Des fleurs magiques bourdonnaient. Les talus le berçaient. Des bêtes dune élégance fabuleuse circulaient. Les nuées s'amassaient sur la haute mer faite d'une éternité de chaudes larmes.

III

Au bois il y a un oiseau, son chant vous arrête et vous fait rougir.
Il y a une horloge qui ne sonne pas.
Il y a une fondrière avec un nid de bêtes blanches.
Il y a une cathédrale qui descend et un lac qui monte.
Il y a une petite voiture abandonnée dans le taillis, ou qui descend le sentier en courant, enrubannée.
Il y a une troupe de petits comédiens en costumes, aperçus sur la route à travers la lisière du bois.
Il y a enfin, quand l'on a faim et soif, quelqu'un qui vous chasse.

IV

Je suis le saint, en prière sur la terrasse, – comme les bêtes pacifiques paissent jusqu'à la mer de Palestine.
Je suis le savant au fauteuil sombre. Les branches et la pluie se jettent à la croisée de la bibliothèque.
Je suis le piéton de la grand'route par les bois nains ; la rumeur des écluses couvre mes pas. Je vois longtemps la mélancolique lessive d'or du couchant.
Je serais bien l'enfant abandonné sur la jetée partie à la haute mer, le petit valet suivant l'allée dont le front touche le ciel.

Die Wiesen steigen an zu Ortschaften ohne Schmieden, ohne Hähne. Die Schleuse ist aufgezogen. Und die Kalvarienkreuze und die Mühlen der Öde, die Gruppen der Häuser und Heuschober!
Magische Blumen summten. Die Böschung schaukelte sie. Herum spazierten Tiere von märchenhafter Eleganz. Gewölk häufte sich über der hohen See, die aus einer Ewigkeit warmer Tränen entstanden ist.

III

Im Wald ist ein Vogel, sein Gesang hält dich an und macht dich erröten.
Eine Uhr ist, die nicht schlägt.
Ein Schneeloch ist, mit einem Nest weißer Tiere.
Eine Kathedrale ist, die herniedertaucht, und ein See, der emporwächst.
Ein kleiner Wagen ist, der verlassen im Busch steht, oder er läuft den Pfad hinunter mit fliegenden Bändern.
Da ist auch eine Truppe kleiner Schauspieler im Kostüm, man sieht sie auf der Straße, die den Waldsaum durchschneidet.
Und endlich da ist jemand, der dich, wenn du Durst und Hunger hast, wegjagt.

IV

Ich bin der Heilige im Gebet auf der Terrasse, wenn die Tiere weiden bis zum Meer von Palästina.
Ich bin der Weise im dunklen Stuhl. Geäst und Regen schlägt an die Scheiben des Bücherzimmers.
Ich bin der Wanderer auf der Landstraße durch die Zwergwälder, das Schäumen der Schleusen übertönt meine Tritte. Lange schaue ich in die schwermütige Goldlauge des Abends.
Ich könnte wohl das Kind sein, einsam und verlassen, auf jener in die hohe See hinausfahrenden Mole. Ich könnte auch als der kleine Diener die Allee entlanggehen, deren Stirn den Himmel berührt.

Les sentiers sont âpres. Les monticules se couvrent de genêts. L'air est immobile. Que les oiseaux et les sources sont loin ! Ce ne peut être que la fin du monde, en avançant.

V

Qu'on me loue enfin ce tombeau, blanchi à la chaux avec les lignes du ciment en relief – très loin sous terre.
Je m'accoude à la table, la lampe éclaire très vivement ces journaux que je suis idiot de relire, ces livres sans intérêt. –
À une distance énorme au-dessus de mon salon souterrain, les maisons s'implantent, les brumes s'assemblent. La boue est rouge ou noire. Ville monstrueuse, nuit sans fin !
Moins haut, sont des égouts. Aux côtés, rien que l'épaisseur du globe. Peut-être les gouffres d'azur, des puits de feu. C'est peut-être sur ces plans que se rencontrent lunes et comètes, mers et fables.
Aux heures d'amertume je m'imagine des boules de saphir, de métal. Je suis maître du silence. Pourquoi une apparence de soupirail blêmirait-elle au coin de la voûte ?

ANTIQUE

Gracieux fils de Pan ! Autour de ton front couronné de fleurettes et de baies tes yeux, des boules précieuses, remuent. Tachées de lies brunes, tes joues se creusent. Tes crocs luisent. Ta poitrine ressemble à une cithare, des tintements circulent dans tes bras blonds. Ton cœur bat dans ce ventre où dort le double sexe. Promène-toi, la nuit, en mouvant doucement cette cuisse, cette seconde cuisse et cette jambe de gauche.

Spröde sind die Wege. Die Hügel füllen sich mit Ginster. Regungslos die Luft. Wie fern sind die Vögel und die Quellen! Es kann nur das Ende der Welt sein, das nunmehr kommt.

V

Lobt mir endlich das Grab, das, mit Kalk geweißt, mit zementenen Rändern abgegrenzt – sehr tief in der Erde liegt.
Ich stütze die Ellbogen auf den Tisch, hell scheint die Lampe auf die Bücher, die mich gar nicht reizen, und auf die Zeitungen; ich bin so dumm, sie immer wieder zu lesen.
In gewaltiger Höhe über meinem unterirdischen Salon stehen die Häuser eingepflanzt, und die Nebel drängen. Der Schmutz ist rot oder schwarz. Stadtungeheuer, Nacht ohne Ende!
Weniger hoch sickern Abwässer. Seitwärts nur die Dicke der Erdkugel. Vielleicht azurene Schluchten, Feuerschächte? Auf dieser Ebene treffen sich wohl Monde und Kometen, Ozeane und Märchen.
In Stunden der Bitterkeit denke ich mir dann Kugeln aus Saphir, aus Metall. Der Meister des Schweigens bin ich. Weshalb sollte auch nur die Spur eines Luftlochs im Winkel des Gewölbes dämmern?

Alfred Wolfenstein

ANTIK

Anmutiger Sohn des Pan! Um deine Stirn, bekränzt mit den Blumen, den Beeren, bewegen sich deine Augen: kostbare Kugeln. Befleckt von bräunlicher Hefe, höhlen deine Wangen sich aus. Deine Hakenzähne glitzern. Einer Kithara gleicht deine Brust, Glockenklänge kreisen in deinen hellen Armen. Es schlägt dein Herz in diesem Leib, in den gebettet ist das doppelte Geschlecht. Geh des Nachts spazieren, sacht den Oberschenkel regend, diesen zweiten dann, und dieses linke Bein.

Andreas Reimann

DÉPART

Assez vu. La vision s'est rencontrée à tous les airs.
Assez eu. Rumeurs des villes, le soir, et au soleil, et toujours.
Assez connu. Les arrêts de la vie. – Ô Rumeurs et Visions !
Départ dans l'affection et le bruit neufs !

À UNE RAISON

Un coup de ton doigt sur le tambour décharge tous les sons et commence la nouvelle harmonie.

Un pas de toi, c'est la levée des nouveaux hommes et leur en-marche.

Ta tête se détourne: le nouvel amour ! Ta tête se retourne, – le nouvel amour !

« Change nos lots, crible les fléaux, à commencer par le temps », te chantent ces enfants. « Élève n'importe où la substance de nos fortunes et de nos vœux » on t'en prie.

Arrivée de toujours, qui t'en iras partout.

MATINÉE D'IVRESSE

Ô *mon* Bien ! Ô *mon* Beau ! Fanfare atroce où je ne trébuche point ! Chevalet féerique ! Hourra pour l'œuvre inouïe et pour le corps merveilleux, pour la première fois ! Cela commença sous les rires

ABFAHRT

Genug gesehen. Die Vision ist sich in allen Formen wiederbegegnet.
Genug besessen. Der Städte Lärm, am Abend und bei Sonnenschein und überhaupt.
Genug erfahren. Die Aufenthalte des Lebens. – O Geräusche und Visionen!
Fort nun mit neuer Leidenschaft und neuem Lärm!

Gerhardt Haug

AN EINE VERNUNFT

Ein Schlag deines Fingers auf die Trommel weckt alle Töne auf und eröffnet die neue Harmonie.

Ein Schritt von dir ist der Beginn und Aufbruch des neuen Menschen.

Es wendet sich ab dein Kopf: Die neue Liebe! Es wendet sich zu dein Kopf – die neue Liebe!

»Ändere unser Los, siebe die Landplagen, erstlich die Zeit«, singen dir diese Kinder. »Aufrichte irgendwo den Stoff unsres Glückes und unserer Wünsche«, wir bitten dich drum.

Gekommen aus der Ewigkeit, wirst du überall sein.

Andreas Reimann

MORGEN DER TRUNKENHEIT

O *mein* Gut du! O du *mein* Schönes! Fanfarenstoß, grausamer, der mich nicht straucheln macht, nein, nicht straucheln! Feengleiche Folterung! Ein erstes Hurra dem unermeßlichen Werk und dem herrlichen Körper! Das begann mit dem Lachen der

des enfants, cela finira par eux. Ce poison va rester dans toutes nos veines même quand, la fanfare tournant, nous serons rendus à l'ancienne inharmonie. Ô maintenant nous si digne de ces tortures ! rassemblons fervemment cette promesse surhumaine faite à notre corps et à notre âme créés : cette promesse, cette démence ! L'élégance, la science, la violence ! On nous a promis d'enterrer dans l'ombre l'arbre du bien et du mal, de déporter les honnêtetés tyranniques, afin que nous amenions notre très pur amour. Cela commença par quelques dégoûts et cela finit, – ne pouvant nous saisir sur-le-champ de cette éternité, – cela finit par une débandade de parfums.
Rire des enfants, discrétion des esclaves, austérité des vierges, horreur des figures et des objets d'ici, sacrés soyez-vous par le souvenir de cette veille. Cela commençait par toute la rustrerie, voici que cela finit par des anges de flamme et de glace.
Petite veille d'ivresse, sainte ! quand ce ne serait que pour le masque dont tu nous as gratifié. Nous t'affirmons, méthode ! Nous n'oublions pas que tu as glorifié hier chacun de nos âges. Nous avons foi au poison. Nous savons donner notre vie tout entière tous les jours.
Voici le temps des *Assassins*.

ORNIÈRES

À droite l'aube d'été éveille les feuilles et les vapeurs et les bruits de ce coin du parc, et les talus de gauche tiennent dans leur ombre violette les mille rapides ornières de la route humide. Défilé de féeries. En effet : des chars chargés d'animaux de bois doré, de mâts et de toiles bariolées, au grand galop de vingt chevaux de cirque tachetés, et les enfants et les hommes sur leurs bêtes les plus étonnantes ; – vingt véhicules, bossés, pavoisés et fleuris comme des carrosses anciens ou de contes, pleins d'enfants at-

Kinder, und mit ihm wird es enden. Zurückbleiben wird dieses Gift in all unsern Venen, selbst wenn umkehrt der Ruf der Fanfare und wir zurückstürzen in die Inharmonie, die vergangene. O wie würdig sind wir jetzt dieser Qualen! inbrünstig an uns zu ziehn diese übergroße Verheißung, die unserm erschaffenen Leib gilt und unsrer erschaffenen Seele: dieser Wahnsinn, diese Verheißung! Eleganz, Gewalttätigkeit, Wissenschaft! Versprochen ward uns, zu vergraben den Baum des Guten und Bösen im Schatten, auszuweisen die tyrannische Ehrbarkeit, daß wir herbeiführten unsere lauterste Liebe. Mit leisem Ekel begann es und endete - denn nicht durfte es jäh mit dieser Ewigkeit uns bestürzen -, nahm ein Ende schließlich in einem Labyrinthe aus Duft.

Lachen der Kinder und der Sklaven Verschwiegenheit, der Jungfrauen Strenge und der Abscheu der Bilder und Dinge hienieden, geheiligt seid ihr durch die Erinnerung an dieses nächtliche Wachen. Das begann mit aller rüpelnder Bäurischkeit, und mit den Engeln aus Flammen und Eis will es nun enden.

Geringe Nachtwache der Trunkenheit, heilige! Seis für die Maske nur, die du uns geschenkt hast. Methode, wir anerkennen dich! Wir vergessen nicht, daß du gestern ein jedes unserer Zeitalter verherrlicht hast. Wir setzen unsere Zuversicht in das Gift. Wir verstehen hinzuschenken Tag für Tag unser Leben.

Dies ist die Stunde der *Mörder*.

Uwe Grüning

WAGENSPUREN

Zur Rechten weckt die Dämmerröte des Sommers Laub und Dunst und die Geräusche in diesem Winkel des Parks, und die feuchten, abfallenden Wege zur Linken tragen in violetten Schatten die tausend forteilenden Spuren der Räder. Feenprozessionen. Ja: Wagen mit Tieren aus vergoldetem Holz, mit Masten, mit grellbunten Planen, gezogen von zwanzig scheckigen Zirkuspferden in gestrecktem Galopp, und Kinder und Männer auf ihren höchst seltsamen Tieren; - zwanzig Gefährte, bosseliert, beflaggt und von Blumen umkränzt wie Kutschen vergangener

tifés pour une pastorale suburbaine. – Même des cercueils sous leur dais de nuit dressant les panaches d'ébène, filant au trot des grandes juments bleues et noires.

VILLES

Ce sont des villes ! C'est un peuple pour qui se sont montés ces Alleghanys et ces Libans de rêve ! Des chalets de cristal et de bois qui se meuvent sur des rails et des poulies invisibles. Les vieux cratères ceints de colosses et de palmiers de cuivre rugissent mélodieusement dans les feux. Des fêtes amoureuses sonnent sur les canaux pendus derrière les chalets. La chasse des carillons crie dans les gorges. Des corporations de chanteurs géants accourent dans des vêtements et des oriflammes éclatants comme la lumière des cimes. Sur les plates-formes au milieu des gouffres les Rolands sonnent leur bravoure. Sur les passerelles de l'abîme et les toits des auberges l'ardeur du ciel pavoise les mâts. L'écroulement des apothéoses rejoint les champs des hauteurs où les centauresses séraphiques évoluent parmi les avalanches. Au-dessus du niveau des plus hautes crêtes, une mer troublée par la naissance éternelle de Vénus, chargée de flottes orphéoniques et de la rumeur des perles et des conques précieuses, – la mer s'assombrit parfois avec des éclats mortels. Sur les versants des moissons de fleurs grandes comme nos armes et nos coupes, mugissent. Des cortèges de Mabs en robes rousses, opalines, montent des ravines. Là-haut, les pieds dans la cascade et les ronces, les cerfs tètent Diane. Les Bacchantes des banlieues sanglotent et la lune brûle et hurle. Vénus entre dans les cavernes des forgerons et des ermites. Des groupes de beffrois chantent les idées des peuples. Des châteaux bâtis en os sort la musique inconnue. Toutes les légendes évoluent et les élans se ruent dans les bourgs.

Tage oder wie Märchenkutschen mit Vorstadtkindern, geschmückt für ein ländliches Fest. – Särge unter den Nachtbaldachinen sogar, die ihre Federbüschel erheben in ebenholzfarbenem Glanz, folgend dem Trab der großen Stuten, der blauen und schwarzen.

Uwe Grüning

STÄDTE

Städte sind dies! Und ein Volk, um dessentwillen aufgetürmt sind diese Alleghanies und diese Libanonberge aus Traum! Sennhütten aus Holz und Kristall, die fortgleiten auf unsichtbaren Rädern und Seilen. Aufschreien, von kupfernen Palmen und Riesen umgürtet, in ihrer Feuer Tiefe melodisch die uralten Krater. Feste der Liebe ziehen klingend über die sich hinter den Villen wiegenden Flußbetten hin. Die Jagd der Glockenspiele schreit in den Schluchten. Gilden gigantischer Sänger in Oriflammen und fremdartigen Trachten eilen herbei wie Licht aus den Wipfeln. Auf abgrundumringten Terrassen verkünden die Rolande ihre Heldentaten in greller Musik. Die Hitze des Himmels flaggt auf den Tavernendächern und den Stiegen über der Tiefe die Maste. Der Apotheosen Zerfall erreicht die Almen, wo Zentaurenweiber, seraphisch, sich im Tanz der Lawinen drehn. Ein Meer, aufgewühlt von der ewigen Geburt Aphrodites, von orphischen Flotten durchsegelt und dem Rauschen kostbarer Perlen und Muscheln, wogt über den höchsten Kamm des Gebirges – manchmal verfinstert es sich in Splittern tödlichen Glanzes. Ernten von Blumen, mächtig wie unsere Waffen und groß wie unsre Pokale, wachsen mit wildem Tosen über den Hängen. Feenköniginnen in Gewändern, rotfarben und vom Glanz der Opale, erklimmen die Schluchten. Droben, die Füße in Quellen und Dornen getaucht, säugen Hirsche Diana. Die Bacchantinnen der Vorstädte schluchzen, es greint der niederbrennende Mond. Venus tritt in die Kavernen der Eremiten und Schmiede. Sturmglokkenherden singen die Gedanken der Völker. Schlössern, aus Knochen erbaut, entströmt die fremde Musik. Legenden schließen sich auf, und Begeisterung taumelt über die Märkte. Das Paradies der

Le paradis des orages s'effondre. Les sauvages dansent sans cesse la fête de la nuit. Et une heure je suis descendu dans le mouvement d'un boulevard de Bagdad où des compagnies ont chanté la joie du travail nouveau, sous une brise épaisse, circulant sans pouvoir éluder les fabuleux fantômes des monts où l'on a dû se retrouver.
Quels bons bras, quelle belle heure me rendront cette région d'où viennent mes sommeils et mes moindres mouvements ?

MYSTIQUE

Sur la pente du talus les anges tournent leurs robes de laine dans les herbages d'acier et d'émeraude.
Des prés de flammes bondissent jusqu'au sommet du mamelon.
À gauche le terreau de l'arête est piétiné par tous les homicides et toutes les batailles, et tous les bruits désastreux filent leur courbe. Derrière l'arête de droite la ligne des orients, des progrès.
Et tandis que la bande en haut du tableau est formée de la rumeur tournante et bondissante des conques des mers et des nuits humaines,
La douceur fleurie des étoiles et du ciel et du reste descend en face du talus, comme un panier, - contre notre face, et fait l'abîme fleurant et bleu là-dessous.

Gewitter stürzt ein. Unaufhörlich umtanzen die Wilden das nächtliche Fest. Und für eine Stunde stieg ich hinab in die flutende Unrast eines Bagdader Boulevards, von der Freude einer neuen Arbeit sangen Gefährten, unter der dichten Brise, zogen umher und vermochten doch jenen Fabelwesen der Berge, in denen sich wiederzufinden ihr Schicksal war, nicht zu entrinnen.
Welche gütigen Arme, welch erfüllende Stunde werden zurückgeben mir dieses Land, dem mein Schlummer entstammt und meiner Seele leiseste Regung?

Uwe Grüning

MYSTISCH

An der Neige der Böschung drehen in Halmen aus Stahl und smaragdenem Grün ihre wollnen Gewänder die Engel.
Die Flammenwiesen züngeln bis zur Krone des Hügels. Zur Linken wird die den Felsgrat deckende Krume von allen Schlachten und allen Mördern zerstampft, und unheildräuendes Dröhnen furcht seine Kreise. Zur Rechten aber, jenseits des Gipfels, die Silhouetten der Oriente, der Progressionen.
Und während das Bild da droben ein Band aus dem wirbelnden und springenden Tosen der Meeresmuscheln und Menschennächte durchzieht,
Sinken vor den Augen der Böschung Sterne und Himmel und alles, was um uns ist, mit der Anmut von Blumen wie ein Korb – nieder auf unser Antlitz und lassen aufblühen über der blauen Tiefe den Abgrund.

Uwe Grüning

AUBE

J'ai embrassé l'aube d'été.

Rien ne bougeait encore au front des palais. L'eau était morte. Les camps d'ombres ne quittaient pas la route du bois. J'ai marché, réveillant les haleines vives et tièdes, et les pierreries regardèrent, et les ailes se levèrent sans bruit.

La première entreprise fut, dans le sentier déjà empli de frais et blêmes éclats, une fleur qui me dit son nom.

Je ris au wasserfall blond qui s'échevela à travers les sapins : à la cime argentée je reconnus la déesse.

Alors je levai un à un les voiles. Dans l'allée, en agitant les bras. Par la plaine, où je l'ai dénoncée au coq. À la grand'ville elle fuyait parmi les clochers et les dômes, et courant comme un mendiant sur les quais de marbre, je la chassais.

En haut de la route, près d'un bois de lauriers, je l'ai entourée avec ses voiles amassés, et j'ai senti un peu son immense corps. L'aube et l'enfant tombèrent au bas du bois.

Au réveil il était midi.

FLEURS

D'un gradin d'or, – parmi les cordons de soie, les gazes grises, les velours verts et les disques de cristal qui noircissent comme du

DÄMMERUNG

Ich habe den Dämmer des Sommermorgens geküßt.

Noch regte sich nichts an der Stirn der Paläste. Unbewegt lagen die Wasser. Die Heerlager der Schatten verließen die Straßen des Waldes nicht. Den lauen und den lebendigen Atem erweckend, ging ich, und Achate schlugen die Augen auf, und die Flügel erhoben sich ohne Laut.

Auf dem Pfade, mit kühlem und zartem Glanze gefüllt, war sie meine erste Begegnung, eine Blume, die mir ihren Namen verriet.

Dem Wasserfall lachte ich zu, der hell zwischen den Tannen zerstäubte, und ich erkannte auf dem von Silber überzogenen Wipfel die Göttin.

Da hob ich, einen um den andern, die Schleier. Durch die Allee, die Arme schwenkend. Durch die Ebene, wo ich an den Hahn sie verraten hab. Zur Großstadt flüchtete sie zwischen Glockentürmen und Domen, und ich jagte sie, laufend über die marmornen Quais wie ein Bettler.

Auf dem Wege droben, nahe dem Lorbeergehölz, hab ich umzingelt sie mit ihren zahllosen Schleiern, und in der leichten Berührung fühlte ich ihren unermeßlichen Leib. Nieder stürzten die Dämmerung und das Kind auf die Wipfel.

Beim Erwachen war es schon Mittag.

Uwe Grüning

BLUMEN

Von einer Empore aus Gold – zwischen seidenen Kordeln, zarten, grauen Geweben, grünem Samt und kristallenen Tafeln, die sich mit Schwarz überziehn wie Bronze unter der Sonne – seh ich im

bronze au soleil, – je vois la digitale s'ouvrir sur un tapis de filigranes d'argent, d'yeux et de chevelures.
Des pièces d'or jaune semées sur l'agate, des piliers d'acajou supportant un dôme d'émeraudes, des bouquets de satin blanc et de fines verges de rubis entourent la rose d'eau.
Tels qu'un dieu aux énormes yeux bleus et aux formes de neige, la mer et le ciel attirent aux terrasses de marbre la foule des jeunes et fortes roses.

NOCTURNE VULGAIRE

Un souffle ouvre des brèches opéradiques dans les cloisons, – brouille le pivotement des toits rongés, – disperse les limites des foyers, – éclipse les croisées. – Le long de la vigne, m'étant appuyé du pied à une gargouille, – je suis descendu dans ce carrosse dont l'époque est assez indiquée par les glaces convexes, les panneaux bombés et les sophas contournés. Corbillard de mon sommeil, isolé, maison de berger de ma niaiserie, le véhicule vire sur le gazon de la grande route effacée : et dans un défaut en haut de la glace de droite tournoient les blêmes figures lunaires, feuilles, seins ; – Un vert et un bleu très foncés envahissent l'image. Dételage aux environs d'une tache de gravier.
– Ici va-t-on siffler pour l'orage, et les Sodomes – et les Solymes, – et les bêtes féroces et les armées,
– (Postillons et bêtes de songe reprendront-ils sous les plus suffocantes futaies, pour m'enfoncer jusqu'aux yeux dans la source de soie)
– Et nous envoyer, fouettés à travers les eaux clapotantes et les boissons répandues, rouler sur l'aboi des dogues…
– Un souffle disperse les limites du foyer.

Filigran eines Teppichs aus Silber, Augen und Haar aufgehen die Blüten des Fingerhuts.
Flocken von gelbem Gold über Achate gesät, die Mahagonisäulen tragen ein Kapitell aus Smaragden, Buketts aus weißem Satin und Gerten, zart, aus Rubin umschließen die Wasserrose.
Gleich einem Gotte im unermeßlichen Blau seiner Augen und mit Gliedern von der Weiße des Schnees senken Himmel und Meer auf die Marmorterrassen die Trauben der jungen und kraftvollen Rosen.

Uwe Grüning

NOCTURNE VULGAIRE

Ein Windhauch reißt Schneisen auf gauklerisch in den Verschlägen - dreht die Scharniere der angefressenen Dächer - zerwirft an ihrem Rande die Feuer - umschattet das Holzkreuz der Fenster. - Längs des Weinbergs, den Fuß auf eine Regenrinne gestützt - stieg ich in diese Kutsche hinab, deren Alter die konvexen Fenster und die geschweiften Rahmen der Tür und die gewölbten Sitze zur Genüge mir wiesen. Leichengefährt meines Schlafs, abgeschieden, Hirtenhaus meiner Narrheit, die Räder kämmen über das Gras der verschwimmenden Heerstraße: und oben in einem Lunker des rechten Fensters wirbeln die Mondgestalten, die fahlen, Blätter und Brüste im Kreis; - Ein Grün und ein Blau voll dunkelnder Tiefe überfluten das Bild. Leichter Trab in den Umkreis eines Fleckens aus Kies.
- Hierhergelangt, um herbeizurufen den Sturm und die Sodomiter und Solymiter - und die Raubtiere und die Armaden,
- (Traumtiere und Postillions unter den schwer atmenden Hochwäldern, den erstickenden, werden erneut beginnen, bis zu den Augen mich in Quellen aus Seide zu senken)
- Und zu senden uns, von den brausenden Wassern und den vergossenen Tränken gestäupt, über der Doggen Gebell uns zu rollen ...
- Ein Windhauch zerwirft an ihrem Rande die Feuer.

Uwe Grüning

MARINE

Les chars d'argent et de cuivre –
Les proues d'acier et d'argent –
Battent l'écume, –
Soulèvent les souches des ronces.
Les courants de la lande,
Et les ornières immenses du reflux,
Filent circulairement vers l'est,
Vers les piliers de la forêt, –
Vers les fûts de la jetée,
Dont l'angle est heurté par des tourbillons de lumière.

SOIR HISTORIQUE

En quelque soir, par exemple, que se trouve le touriste naïf, retiré de nos horreurs économiques, la main d'un maître anime le clavecin des prés ; on joue aux cartes au fond de l'étang, miroir évocateur des reines et des mignonnes, on a les saintes, les voiles, et les fils d'harmonie, et les chromatismes légendaires, sur le couchant.

Il frissonne au passage des chasses et des hordes. La comédie goutte sur les tréteaux de gazon. Et l'embarras des pauvres et des faibles sur ces plans stupides !

À sa vision esclave, – l'Allemagne s'échafaude vers des lunes ; les déserts tartares s'éclairent – les révoltes anciennes grouillent dans le centre du Céleste Empire, par les escaliers et les fauteuils de rois – un petit monde blême et plat, Afrique et Occidents, va s'édifier. Puis un ballet de mers et de nuits connues une chimie sans valeur, et des mélodies impossibles.

La même magie bourgeoise à tous les points où la malle nous déposera ! Le plus élémentaire physicien sent qu'il n'est plus possi-

SEESTÜCK

Wagen aus Silber und Kupfer –
Aus Stahl und Silber der Bug –
Durchpflügen den Schaum,
Entwurzeln die Brombeerstrünke.
Die Ströme der Heide,
Und die unendlichen Spuren der Ebbe,
Ziehen in Wirbeln gen Osten,
Zu den Pfeilern des Waldes –
Zum Holzwerk der Mole,
Gegen deren Balken andrängen Strudel von Licht.

Uwe Grüning

HISTORISCHER ABEND

Es kann irgendein Abend sein, den der naive Tourist erlebt, entronnen unsern wirtschaftlichen Greueln: da wird unter den Fingern eines Meisters das Klavier der Wiesen lebendig. Man spielt Karten unten am Teich, in dessen Spiegel Königinnen und Buhlerinnen erscheinen. Im Sonnenuntergang sieht man die heiligen Frauen, die Nonnen im Schleier, die Wesen der Harmonien und sagenhaften Farbtöne.
Man schaudert beim Vorüberziehen der Jagden und Menschenhorden. Ein Schwank tröpfelt über die Gerüste des Grases. Und die Verlegenheit der Armen und Schwachen auf diesen sinnlosen Ebenen!
In seiner sklavischen Verträumtheit schlägt Deutschland seinen Schauplatz bis zu den Monden auf. Es erhellen sich die tatarischen Wüsten. Aufruhr von ehemals rumpelt im Bauch des Himmlischen Reiches der Mitte. Mit felsigen Treppen und Sesseln baut sich eine kleine Welt bläßlich und platt hin, Afrika und Abendländer. Dazu ein Ballett der Meere und Nächte, wohlbekannt, eine Chemie ohne Wert und unmögliche Melodien.
Die gleiche bürgerliche Magie an allen Stellen, wo unser Koffer uns absetzt! Der einfachste Physiker merkt, daß man sich der

ble de se soumettre à cette atmosphère personnelle, brume de remords physiques, dont la constatation est déjà une affliction. Non ! – Le moment de l'étuve, des mers enlevées, des embrasements souterrains, de la planète emportée, et des exterminations conséquentes, certitudes si peu malignement indiquées dans la Bible et par les Nornes et qu'il sera donné à l'être sérieux de surveiller. – Cependant ce ne sera point un effet de légende !

H

Toutes les monstruosités violent les gestes atroces d'Hortense. Sa solitude est la mécanique érotique, sa lassitude, la dynamique amoureuse. Sous la surveillance d'une enfance elle a été, à des époques nombreuses, l'ardente hygiène des races. Sa porte est ouverte à la misère. Là, la moralité des êtres actuels se décorpore en sa passion ou en son action. – Ô terrible frisson des amours novices sur le sol sanglant et par l'hydrogène clarteux ! trouvez Hortense.

MOUVEMENT

Le mouvement de lacet sur la berge des chutes du fleuve,
Le gouffre à l'étambot,
La célérité de la rampe,
L'énorme passade du courant,
Mènent par les lumières inouïes
Et la nouveauté chimique
Les voyageurs entourés des trombes du val
Et du strom.

persönlichen Atmosphäre nicht mehr unterwerfen kann, Dünsten, körperlicher Reue, deren Feststellung allein schon eine Trübsal ist.
Nein! Zeit des Ausschwitzens! der Aufhebung der Meere, der unterirdischen Feuersbrünste, des wirbelnden Planeten und der folgerichtigen Ausrottungen! Alles Tatsachen, die mit geringerer Bosheit in der Bibel angekündigt sind, und der Ernsthafte vermag sie zu überwachen. - Das wird allerdings nicht zu den Wirkungen der Legende zu rechnen sein!

Alfred Wolfenstein

H.

Alle Mißgestalt tut Gewalt an den wilden Gebärden Hortenses. Ihre Einsamkeit ist das Uhrwerk des Eros, ihr Überdruß der Liebe Dynamik. In einer Kindheit Obhut war sie, in ungezählten Epochen, die flammende Fruchtbarkeit der Geschlechter. Ihre Tür steht offen dem Elend. Dort, wo die Sitte der heutigen Wesen sich an ihre Leidenschaft oder ihr Wirken verliert. - Oh, der unerfahrenen Liebe schreckende Schauer auf dem blutenden Boden in farblosem Hydrogen! findet Hortense.

Uwe Grüning

VORWÄRTS=DRANG

Wuchtiges Schlingern beim Sturz in die Stromschnellen
- kochender Bug, rasende Reeling -
haltlose Drift der Strömung:
durch ungekannte Schauer von Licht
- Rausch der neuen Chemie -
reißt es die Reisenden
umzingelt vom Schmatzen des Tals und des Stroms

Ce sont les conquérants du monde
Cherchant la fortune chimique personnelle ;
Le sport et le confort voyagent avec eux ;
Ils emmènent l'éducation
Des races, des classes et des bêtes, sur ce Vaisseau.
Repos et vertige
À la lumière diluvienne,
Aux terribles soirs d'étude.

Car de la causerie parmi les appareils, - le sang ; les fleurs, le feu, les bijoux -
Des comptes agités à ce bord fuyard,
- On voit, roulant comme une digue au delà de la route hydraulique motrice,
Monstrueux, s'éclairant sans fin, - leur stock d'études ;
Eux chassés dans l'extase harmonique
Et l'héroïsme de la découverte.
Aux accidents atmosphériques les plus surprenants
Un couple de jeunesse s'isole sur l'arche,
- Est-ce ancienne sauvagerie qu'on pardonne ?
Et chante et se poste.

DÉMOCRATIE

« Le drapeau va au paysage immonde, et notre patois étouffe le
« tambour.
« Aux centres nous alimenterons la plus cynique prostitution.
« Nous massacrerons les révoltes logiques.
« Aux pays poivrés et détrempés ! - au service des plus monstru-
« euses exploitations industrielles ou militaires.

DAS sind die Eroberer der Welt
sie suchen ihr ganz persönliches chemisches Glück
Trimm-Dich und Speckbauch reisen mit
in ihrem Schlepptau die ErZIEHung
der Rassen, Klassen und Tiere:
Auf diesem Schiff paart sich
Statik und Taumel
im diluvialen Licht
an schaurig-wissensdurstigen Abenden

DENN am Fachsimpeln zwischen den Apparaten
- Blut Blumen Feuer Achat -
am heißkommentierten Schwall der Zahlen
auf diesen flüchtigen Planken
ERSIEHT MAN
- monströs und endlos sich selbst erleuchtend -
ihr gewaltiges Wissens-ARSENal.
heranrollend wie ein Damm jenseits
der hydraulisch beTRIEBenen Fahrstraße
- - - - - - - und S(ie): besessen von Harmonie-Ekstase
und Entdecker-HEROIsmus
Aus den atemberaubendsten Zusammenstößen der Atmosphäre
löst sich
ein junges Paar
(ist es die primitive Scheu, die man verzeiht?)
singt und lagert auf seiner Arche

Hans Therre/Rainer G. Schmidt

DEMOKRATIE

»Die Fahne marschiert in die unreine Landschaft, und unser Dialekt erstickt die exotische Trommel.
In den Städten werden wir nähren die zynische Prostitution. Wir werden massakrieren die Aufstände, die zu erwarten sind.
Los, in die gepfefferten und aufgeweichten Länder! - in der monströsesten militärischen oder industriellen Ausbeutungen Dienst.

« Au revoir ici, n'importe où. Conscrits du bon vouloir, nous au-
« rons la philosophie féroce ; ignorants pour la science, roués
« pour le confort ; la crevaison pour le monde qui va. C'est la vraie
« marche. En avant, route ! »

GÉNIE

Il est l'affection et le présent puisqu'il a fait la maison ouverte à l'hiver écumeux et à la rumeur de l'été, lui qui a purifié les boissons et les aliments, lui qui est le charme des lieux fuyants et le délice surhumain des stations. Il est l'affection et l'avenir, la force et l'amour que nous, debout dans les rages et les ennuis, nous voyons passer dans le ciel de tempête et les drapeaux d'extase.

Il est l'amour, mesure parfaite et réinventée, raison merveilleuse et imprévue, et l'éternité : machine aimée des qualités fatales. Nous avons tous eu l'épouvante de sa concession et de la nôtre : ô jouissance de notre santé, élan de nos facultés, affection égoïste et passion pour lui, lui qui nous aime pour sa vie infinie…

Et nous nous le rappelons et il voyage… Et si l'Adoration s'en va, sonne, sa promesse sonne : « Arrière ces superstitions, ces anciens corps, ces ménages et ces âges. C'est cette époque-ci qui a sombré ! »

Il ne s'en ira pas, il ne redescendra pas d'un ciel, il n'accomplira pas la rédemption des colères de femmes et des gaîtés des hommes et de tout ce péché : car c'est fait, lui étant, et étant aimé.

Ô ses souffles, ses têtes, ses courses ; la terrible célérité de la perfection des formes et de l'action.

Ô fécondité de l'esprit et immensité de l'univers !

Son corps ! Le dégagement rêvé, le brisement de la grâce croisée de violence nouvelle !

Auf Wiedersehen hier, irgendwo. Gutwillige Rekruten, wir werden die blutgeilste Philosophie haben; wir, zu dumm für die Wissenschaft, schlau genug für den Komfort; soll platzen die Welt, die vergeht. Das ist der wahre Marsch. Vorwärts, los!«

Andreas Reimann

GENIUS

Zuneigung ist er und Gegenwärtigkeit, da er dem schaumtragenden Winter und dem Aufruhr des Sommers die Pforten geöffnet hat, rein werden hieß er Nahrung und Trank, er ist die Anmut der flüchtig betretenen Orte und der Stationen unermeßlicher Zauber. Zuneigung ist er, Zukunft und Macht und die Liebe, die wir, aufrecht in Langeweile und Zorn, vorbeiziehen sehn an den Himmeln aus Sturm und den Flaggen aller Verzückung.
Die Liebe ist er, vollkommenes und neu erschaffenes Maß, wunderbare und nicht erhoffte Vernunft, und Ewigkeit: geliebte Triebkraft der verhängnisvollen Neigungen. Voll Entsetzen waren wir alle über sein Zugeständnis und über das unsere: o Wohltat unsrer Gesundheit, Begeisterung unsrer Begabung, selbstische Zuneigung und Leidenschaft für ihn, der uns liebt für sein ganzes, nicht enden wollendes Leben …
Und wir erinnern uns seiner, und er streift umher … Und wenn die Bewunderung uns verläßt, tönt, tönt seine Verheißung: »Zurückweichen mögen dieser Aberglaube und diese uralten Leiber, diese Familienenge und diese zahllosen Jahre. Zugrunde gegangen ist diese Epoche!«
Nicht fortgehen wird er, von keinem Himmel herabsteigen noch einmal, nicht lösen der Weiber Zorn und den heiteren Mutwillen der Männer und all diese Sünde: denn für immer ist es vollbracht, da er ja mit uns ist und da er geliebt wird.
O seine Atemzüge und Häupter, seine rastlosen Wege; diese erschreckend jähe Vollendung der Tat und der Formen.
O Fruchtbarkeit des Geistes und des Alls Unermeßlichkeit!
Sein Leib! Erträumte Befreiung, Zerbrechen der gekreuzigten Gnade vor dieser neuen Gewalt!

Sa vue, sa vue ! tous les agenouillages anciens et les peines *relevées* à sa suite.
Son jour ! l'abolition de toutes souffrances sonores et mouvantes dans la musique plus intense.
Son pas ! les migrations plus énormes que les anciennes invasions.
Ô lui et nous ! l'orgueil plus bienveillant que les charités perdues.
Ô monde ! et le chant clair des malheurs nouveaux !
Il nous a connus tous et nous a tous aimés. Sachons, cette nuit d'hiver, de cap en cap, du pôle tumultueux au château, de la foule à la plage, de regards en regards, forces et sentiments las, le héler et le voir, et le renvoyer, et sous les marées et au haut des déserts de neige, suivre ses vues, ses souffles, son corps, son jour.

Sein Blick, seine Augen! alle frühere Erniedrigung und alle Strafe erlassen seinem Gefolge.
Sein Licht! Aufhebung aller bewegter und tönender Leiden in einer größren Musik.
Sein Schritt! die Züge der Völker gewaltiger als die einstigen Invasionen.
O er und wir! die Hochfahrenheit gütiger als die alte Barmherzigkeit.
Welt! und der neuen Unglücklichen reiner Gesang!
Er hat uns alle erkannt und uns alle geliebt. Nicht aufhören laßt uns, in dieses Winters Nacht, von Kap zu Kap, vom tosenden Pol bis zu den Palästen, von einer Menschenflut bis hinab zum Gestade, von Blick zu Blick, bis Kraft und Fühlen ermatten, ihn anzusehn, ihn zu beschwören und ihn zurückzusenden, und durch die Gezeiten des Meeres und durch Wüsten von Schnee seinem Blick zu folgen, seinem Hauch, seinem Leib, seinem Lichte.

Uwe Grüning

Les Stupra | Stupra-Gedichte

1875

LES ANCIENS ANIMAUX SAILLISSAIENT…

Les anciens animaux saillissaient, même en course,
Avec des glands bardés de sang et d'excrément.
Nos pères étalaient leur membre fièrement
Par le pli de la gaine et le grain de la bourse.

Au moyen âge pour la femelle, ange ou pource,
Il fallait un gaillard de solide grément ;
Même un Kléber, d'après la culotte qui ment
Peut-être un peu, n'a pas dû manquer de ressource.

D'ailleurs l'homme au plus fier mammifère est égal ;
L'énormité de leur membre à tort nous étonne ;
Mais une heure stérile a sonné : le cheval

Et le bœuf ont bridé leurs ardeurs, et personne
N'osera plus dresser son orgueil génital
Dans les bosquets où grouille une enfance bouffonne.

NOS FESSES NE SONT PAS LES LEURS

Nos fesses ne sont pas les leurs. Souvent j'ai vu
Des gens déboutonnés derrière quelque haie,
Et, dans ces bains sans gêne où l'enfance s'égaie,
J'observais le plan et l'effet de notre cul.

Plus ferme, blême en bien des cas, il est pourvu
De méplats évidents que tapisse la claie
Des poils ; pour elles, c'est seulement dans la raie
Charmante que fleurit le long satin touffu.

Une ingéniosité touchante et merveilleuse
Comme l'on ne voit qu'aux anges des saints tableaux
Imite la joue où le sourire se creuse.

DIE TIERE EINST ...

Die Tiere einst, die Eichel blutbefleckt,
Sogar im Lauf sich aufeinanderknallten.
Die Väter haben stolz ihr Glied gereckt
Aus engem Beutel in die Scheiden-Falten.

Das Weibchen da, ob Hure oder Engel,
Es brauchte einen Kerl mit festem Riemen;
Selbst der, log nicht die Hos, mit schwachem Stengel
Konnt sich noch seiner Möglichkeiten rühmen.

Es gleicht der Mann dem stolzen Säugetier,
Des Riesen-Glied uns grundlos läßt erbeben;
Jedoch sterile Zeit brach an: Das Pferd,

Der Stier sogar bezähmten die Begier,
Und keiner wagt, den genitalen Stolz noch zu erheben
In Büschen, drin die Kindheit närrisch schwärt.

Andreas Reimann

UNSERE ARSCHBACKEN SIND NICHT DIE IHREN

Unsere Arschbacken sind nicht die ihren. Oft
beäugte ich ein aufgeknöpftes Völkchen hinter der Hecke,
& bei diesem ungenierten Baden, wo Kindheit sich
verlustiert, studierte ich die Architektur unsres Arsches.

Strammer, bleich meistenfalls, mit offen sichtlicher
VerfLACHung ausgestattet, die ein Netzwerk
aus Haaren drapiert – für die DAME blüht
nur in den reizenden Rillen der lange buschige Samt.

Eine rührende & wundervolle Erfindungsgabe,
wie man sie bloß noch bei den Engeln heiliger Tableaus sieht,
bildet die Backe nach, wo das Lächeln sich kräuselt.

Oh ! de même être nus, chercher joie et repos,
Le front tourné vers sa portion glorieuse,
Et libres tous les deux murmurer des sanglots ?

OBSCUR ET FRONCÉ COMME UN ŒILLET VIOLET

Obscur et froncé comme un œillet violet,
Il respire, humblement tapi parmi la mousse
Humide encor d'amour qui suit la rampe douce
Des fesses blanches jusqu'au bord de son ourlet.

Des filaments pareils à des larmes de lait
Ont pleuré sous l'autan cruel qui les repousse
À travers de petits caillots de marne rousse,
Pour s'aller perdre où la pente les appelait.

Mon rêve s'aboucha souvent à sa ventouse ;
Mon âme, du coït matériel jalouse,
En fit son larmier fauve et son nid de sanglots.

C'est l'olive pâmée et la flûte câline,
Le tube d'où descend la céleste praline,
Chanaan féminin dans les moiteurs enclos.

O! Ebenso nackt seine, Freude & Stille suchend,
die Stirn nach ihrem ruhmreichen Teil gedreht,
& beide frei murmeln sie Seufzer?

OBSKUR & GERUNZELT WIE EINE VIOL/ETTE N/ELKE

Obskur & gerunzelt wie eine viol/ette N/elke,
respiriert er noch, bescheiden geduckt ins MOOS,
noch naß von der Liebe, die folgt der süßer Rampe
weißer Backen bis zur Küste Saum.

Fäden, Milchtränen ähnlich, haben in einem
grausamen Südwind geweint, der sie verschlägt
über blutrote Gerinnsel aus Mergel.
- - - - - Sie gehen verschütt, wo der Ab/Hang sie rief.

Mein Traum mündete oft in seinem Saugnapf.
Meine Seele, eifersüchtig auf den materiellen Koitus, baute
sich dort ihren fahlroten Tränensack & ihr Seufzernest.

Das ist die besinnungslose Olive & einschmeichelnde Flöte,
die Rohrpost, in der die göttliche Praline herabkommt,
feminines Kanaan, umfriedet von Nässen.

Hans Therre/Rainer G. Schmidt

»Seher«-Briefe

RIMBAUD AN GEORGES IZAMBARD

Charleville, (am 13.) Mai 1871

Lieber Herr Izambard,
Sie sind also wieder Lehrer! Man habe der Gesellschaft gegenüber Pflichten, sagten Sie mir. Sie gehören zum Lehrkörper: da sind Sie zweifellos auf dem rechten Wege. - Auch ich folge meinem Grundsatz: ich lasse mich auf schamlose Weise *aushalten.* Ich spüre einige alte Dummköpfe vom Gymnasium auf, und denen biete ich dann, was ich an Blödheiten, Schmutz und Dreck in Wort und Tat zu erfinden vermag: man zahlt in Schnäpsen und Bieren. *Stat mater dolorosa, dum pendet filius.* - Ich habe der Gesellschaft gegenüber Pflichten, von Rechts wegen - und ich habe recht. - Sie übrigens auch, jedenfalls heutzutage. Dem Wesen nach läßt Ihr Grundsatz nur Raum für eine subjektive Dichtung: daß Sie derart versessen darauf sind, wieder an die Futterkrippe - pardon! - die Universität zu kommen, beweist es. Aber am Ende werden Sie immer einer sein, der die bestehenden Verhältnisse vortrefflich findet und der nichts geleistet hat und nichts hat leisten wollen. Ohne zu erwägen, daß Ihre subjektive Dichtung stets grauenhaft abgeschmackt wirken wird. Vielleicht werde ich eines Tages, wie ich hoffe - und viele andere hoffen dasselbe -, in Ihrem Grundsatz die objektive Dichtung sehen, und ich werde sie aufrichtiger darin sehen, als Sie das je getan haben! Ich werde ein Arbeiter sein: das ist die Überlegung, die mich hier zurückhält, auch wenn ein furchtbarer Zorn mich in die Schlacht von Paris treibt - wo ja noch immer so viele Arbeiter sterben, während ich Ihnen hier schreibe! Jetzt arbeiten? Niemals, niemals. Ich streike!
Im Augenblick erniedrige ich mich, so tief ich kann. Warum? Ich will ein Poet sein, und ich arbeite an mir, um aus mir einen *Seher* zu machen: Sie werden das natürlich nicht begreifen, und wie sollte ich es Ihnen auch erklären. Es geht darum, durch ein Entgrenzen *aller Sinne* am Ende im Unbekannten anzukommen. Die Leiden sind gewaltig, aber man muß stark sein, als Poet geboren, und ich habe mich als Poeten erkannt. Das ist durchaus nicht meine Schuld. Es ist falsch, wenn einer sagt: Ich denke. Man sollte sagen: Es denkt mich. (Entschuldigen Sie das Wortspiel.)

Ich ist ein anderer. Schlimm genug für das Holz, das als Geige erwacht, und Spott allen, die sich selber nicht kennen und doch über etwas klügeln, wovon sie nicht das geringste wissen.
Sie *belehren* mich nicht. Ich vertraue Ihnen die folgenden Verse an: sind sie Satire, wie Sie sagen würden? Oder Poesie? Auf jeden Fall sind sie Phantasie, immer noch. – Aber bitte, ich flehe Sie an, unterstreichen Sie nicht mit dem Rotstift und auch nicht zu sehr mit dem Gedanken:

Das gemarterte Herz

. . . .

Das will durchaus nicht nichts sagen.
Schreiben Sie mir: bei Deverrière, für A. R.
Von Herzen

Arthur Rimbaud

RIMBAUD AN PAUL DEMENY

Charleville, am 15. Mai 1871

Ich habe mich entschlossen, Ihnen eine Stunde in Neuerer Literatur zu geben. Demzufolge beginne ich mit einem Psalm der Aktualität:

Pariser Kriegsgesang *

. . . .

– Und nun: Prosa über die Zukunft der Poesie:
Die ganze antike Dichtung endet mit der griechischen Dichtung, einem harmonischen Dasein. – Von den Griechen bis zur romantischen Bewegung – Mittelalter – gibt es Schriftgelehrte, Verseschmiede. Von Ennius bis Theroldus, von Theroldus bis Casimir Delavigne ist alles gereimte Prosa, eine Spielerei, ein Breittreten und der Ruhm nicht zu zählender Generationen von Idioten: der reinste, der gewaltigste, der größte ist Racine. – Immer wieder pustete man seine Reime auf, schmierte man seine Verse nach, als sei dieser Narr im Herrn ebenso unbekannt wie der erste

* s. S. 28/29

beste Verfasser von »Ursprüngen«. – Nach Racine wurde das Spielchen ein bißchen faulig. Es hat zweitausend Jahre gedauert!
Doch Scherz beiseite. Kein Paradoxon. Die Vernunft verschafft mir mehr Sicherheit über diesen Gegenstand, als es die blinde Wut eines Jung-Franzosen je vermocht hätte. Schließlich steht es jedem *Neuerer* zu, die Vorfahren zu verwünschen: man ist an der Reihe und die Zeit für einen.
Die Romantik ist niemals richtig beurteilt worden. Wer hätte sie denn beurteilen sollen? Die Kritiker!! Die Romantiker, die doch gerade belegen, daß der Gesang so selten das Werk, das heißt der vom Sänger gesungene und begriffene Gedanke ist? Denn ICH ist ein anderer. Wenn Kupfer als Trompete erwacht, ist es nicht seine Schuld. Mir ist eines klar: ich nehme teil am Entstehen meines Gedankens: ich sehe ihn an, ich höre ihn; ich streiche mit einem Bogen über die Saite: schon ertönt in den Tiefen die ganze Symphonie; oder sie erfüllt mit einem Sprunge die Bühne.
Wären die alten Schwachköpfe nicht zu einer völlig falschen Vorstellung vom Ich gelangt, brauchten wir heute nicht diese Millionen von Skeletten wegzukehren, die schon eine Ewigkeit immer neue Produkte ihres bornierten Verstandes anhäufen und sich deshalb Autoren nennen!
In Griechenland, so sagte ich, waren Vers und Klang eins mit dem Rhythmus der Tat. Später dann sind Musik und Reim nur noch Spielerei, Unterhaltung. Das Studium dieser Vergangenheit reizt den Liebhaber: einige finden sogar Spaß daran, diese Antiquitäten wieder aufzupolieren – das ist ihre Sache. Der universale Geist hat seine Ideen immer auf natürliche Weise entfaltet; die Menschen rafften einen Teil dieser Früchte des Gehirns zusammen: man handelte nach ihnen, formte Bücher daraus: das war der Gang des Fortschritts, da der Mensch noch nicht an sich arbeitete, er noch nicht erwacht oder noch nicht in der Fülle seines großen Traumes war. Funktionäre, gewiß, Schreiberlinge, ja: aber der Schöpfer, der Autor, der Poet – diesen Menschen hat es nie gegeben!
Zuerst trachte ein Mensch, der Poet sein will, nach völliger Selbsterkenntnis. Er suche seine Seele, durchforsche sie, versuche sie, begreife sie. Und wenn er sie kennt, dann soll er sie formen! Das scheint einfach zu sein: in jedem Schädel vollzieht sich

eine natürliche Entwicklung. So viele *Egoisten* nennen sich Autoren! Andere wieder schreiben sich ihren geistigen Fortschritt selber zu! - Doch es geht darum, die Seele zum Ungeheuer zu weiten: nach Art der Comprachicos, genau so! Man muß sich einen Menschen vorstellen, der Warzen in sein Gesicht einpflanzt und sie pflegt.

Ich sage, daß man ein *Seher* werden, sich zum *Seher* machen muß. Der Dichter macht sich zum *Seher* durch eine langdauernde, unerhörte und wohlüberlegte *Entgrenzung aller Sinne.* Alle Formen der Liebe und des Leidens, des Wahnsinns; er durchforsche sich selbst, er schöpfe alle Gifte seines Wesens aus und bewahre nur ihre Quintessenz für sich. Unsagbare Folter, für die er seinen ganzen Glauben braucht, seine ganze, übermenschliche Kraft, und durch die er unter allen Wesen der große Kranke, der große Verbrecher, der große Verdammte - und der Allwissende wird! - Denn er kommt an im *Unbekannten!* Weil er seine Seele, die schon reich ist, noch reicher ausgebildet hat als je ein Mensch! Er kommt im Unbekannten an, und wenn er schließlich, gestörten Geistes, seine Visionen nicht mehr begreift, so hat er sie doch gesehen! Mag er in seinem Sprung zu den unerhörten und unnennbaren Dingen auch umkommen: es wird neue schreckliche Arbeiter geben. Sie werden an jenen Horizonten beginnen, wo er hinsank!

- Die Fortsetzung folgt in sechs Minuten -

Hier schalte ich *(er gehört nicht zur Sache)* einen zweiten Psalm ein: bitte, spitzen Sie ein gefälliges Ohr, und alle Welt wird entzückt sein. - Ich habe den Bogen in der Hand, ich beginne:

Meine kleinen Geliebten *

Das war's. Und bedenken Sie wohl, daß ich Ihnen außerdem noch meine »Liebenden von Paris«, hundert Hexameter, und meinen »Tod von Paris«, zweihundert Hexameter, schicken würde, wenn ich nicht fürchtete, Sie müßten dafür sechzig Centimes Porto bezahlen - ich armer verstörter Junge, dem

* s. S. 30/31

man seit sieben Monaten keinen roten Heller mehr zukommen ließ.

Ich fahre fort:

Also ist der Poet wahrhaftig ein Dieb des Feuers.

Er ist beladen mit der ganzen Menschheit, sogar mit den Tieren. Er muß, was er erdichtend entdeckt, fühlbar machen, tastbar, hörbar, und wenn das, was er von *da unten* heraufholt, Form besitzt, so gibt er es als Form; ist es formlos, dann gibt er das Formlose. – Eine Sprache finden – und wenn schließlich jedes Wort ein Gedanke ist, dann kommt auch die Zeit einer Universalsprache! Man muß schon Akademie-Mitglied sein – mehr tot als ein Fossil –, um ein Wörterbuch zu verfassen, in welcher Sprache auch immer. Wenn Schwächlinge anfangen, über den ersten Buchstaben des Alphabets *nachzudenken,* können sie ganz schnell dem Wahnsinn verfallen!

Diese Sprache wird von der Seele kommen und zur Seele gehen und alles zusammenfassen: Düfte, Töne, Farben und den Gedanken, der dem Gedanken folgt und ihn weiterführt. Der Poet bestimmte dann das Ausmaß des Unbekannten, das zu seiner Zeit in der Allseele erwacht: er gäbe mehr – als die Formel seines Gedankens, als die Aufzeichnung *seines Weges zum Fortschritt!* Indem er das Ungewöhnliche zum Gewöhnlichen macht und alle es aufnehmen in sich, würde er in der Tat zu *einem Vervielfacher des Fortschritts!*

Diese Zukunft, Sie werden es sehen, wird materialistisch sein –, und diese Gedichte, die dann voll *Wohlklang* sind und *Harmonie,* werden für die Dauer geschaffen sein. – Im Grunde wäre das noch immer ein wenig griechische Poesie.

Die ewige Kunst hätte ihre Funktionen, so, wie die Dichter Staatsbürger sind. Die Dichtung wird die Tat nicht mehr besingen, sie *wird ihr vorauseilen.*

Diese Dichter wird es geben! Wenn die unendliche Knechtschaft der Frau gebrochen ist, wenn sie für sich lebt und durch sich selbst, wenn der Mann – erbärmlich bis jetzt – zurückgibt, was ihr gehört, dann wird auch sie Poet sein, auch sie! Die Frau entdeckt das Unbekannte! Werden sich die Welten ihres Denkens von den unseren unterscheiden? – Sie wird seltsame, unergründliche, schwierige, wunderbare Dinge entdecken, und wir werden das erfassen, werden es verstehen.

Fordern wir unterdessen von den *Dichtern Neues* - Ideen und Formen. Jeder geschickte Verseschmied glaubt ja schon, er habe diese Forderung erfüllt: aber es ist durchaus nicht so!
Die ersten Romantiker sind *Seher* gewesen, ohne daß sie es selber recht gewußt haben: die Ausbildung ihrer Seelen blieb dem Zufall überlassen: Lokomotiven, die zwar fauchten und manchmal ein Stück Schiene schluckten, aber die man im Stich ließ. - Lamartine ist bisweilen ein Seher, doch die veraltete Form erstickt ihn. - Hugo, *der zu große Querkopf,* war in seinen letzten Werken sehr wohl ein Seher: »Die Elenden« sind wirklich *Poesie.* Ich habe »Die Züchtigungen« in Händen: »Stella« zeigt ungefähr, auf welche Weise Hugo ein *Seher* gewesen ist. Viel zuviel Belmontet und Lamennais, Jehova und Tempelsäulen, zusammengebrochenes Altertum.
Musset ist uns, einer leiderfüllten und zu Visionen fortgerissenen Generation - die seine engelsgleiche Faulheit nur tief beleidigen kann! -, vierzehnfach zuwider. O diese faden Märchen und Sprüche! O diese »Nuits«! O »Rolla«, o »Namouna«, o diese »Coupe«! All das ist französisch, das heißt: hassenswert im höchsten Maße; französisch, nicht pariserisch! Noch so ein Werk aus dem widerwärtigen Geist, der ehedem einen Rabelais, Voltaire und Jean La Fontaine, kommentiert von Herrn Taine, inspiriert hat! Frühlingshaft soll er sein, der Esprit eines Musset! Reizend, seine Liebe! Wahrhaftig, Malerei auf Email, solide Poesie! Man wird diese *französische* Dichtung noch lange genießen, aber in Frankreich. Jeder Ladenschwengel ist in der Lage, eine Phrase à la Rolla hinzuschmieren, jeder Theologiestudent hat fünfhundert solcher Reime in das Geheimnis eines Tagebuchs gegraben. Wenn man fünfzehn ist, machen einen derartige Ausbrüche von Leidenschaft noch scharf, mit sechzehn bescheidet man sich schon, sie mit *Herz* zu rezitieren, mit achtzehn, ja, mit siebzehn sogar, spielt jeder Gymnasiast den Rolla, schreibt er einen Rolla! Einige sterben vielleicht noch immer daran. Musset brachte nichts zustande: hinter einem Schleier tauchten Visionen auf: er schloß die Augen. Dieser aufgeblasene Franzose, der sich aus der Kneipe zum Pult des Priesterseminars schleppte, dieser tote Schönling ist tot, und von jetzt ab wollen wir uns nicht noch die Mühe machen, ihn durch unsere Flüche zu erwecken!
Die späten Romantiker sind durchaus *Seher* gewesen: Théophile

Gautier, Leconte de Lisle, Théodore de Banville. Aber das Unsichtbare sehen und das Unhörbare hören ist eine andere Sache, als den Geist toter Dinge wiederzuerwecken, und deshalb ist Baudelaire der erste Seher, der König der Dichter, *ein wahrer Gott.* Doch hat er immer noch zu sehr im Künstlermilieu gelebt, und die Form, die man an ihm so lobt, ist dürftig. Die Entdeckungen des Unbekannten fordern neue Formen. Gewöhnt an veraltete Formen, hat von den Naiven A. Renaud - seinen Rolla gemacht; L. Grandet - seinen Rolla gemacht; ferner die Gaulois und Mussets: G. Lafenestre, Coran, Cl. Popelin, Soulary, L. Salles; die Schulbuben: Marc, Aicard, Theuriet; die Toten und Dummen: Autran, Barbier, L. Pichat, Lemoyne, die Deschamps, die Des Essarts; die Journalisten: L. Cladel, Robert Luzarches, X. de Ricard; die Fantaisisten: C. Mendès; die Bohemiens, die Weiber, die Talente: Léon Dierx und Sully-Prudhomme, Coppée; - die neue Schule, die sich Parnasse nennt, hat zwei Seher: Albert Mérat und Paul Verlaine, der ein wirklicher Poet ist. - Das wär's. So arbeite ich, um mich zum *Seher zu* machen. - Und schließen wir mit einem frommen Lied:

*Niedergehockt**

Sie wären ein erbärmlicher Mensch, wenn Sie nicht antworteten: aber schnell, denn in acht Tagen werde ich vielleicht in Paris sein. Auf Wiedersehen

Arthur Rimbaud

Übertragen von Dieter Tauchmann

* s. S. 34/35

Aus Rimbauds Briefwechsel mit Mutter und Schwester

RIMBAUD AN SEINE MUTTER

Harar, 20. Februar 1891

Liebe Mutter,

Deinen Brief vom 5. Januar habe ich erhalten.

Ich sehe, alles ist erfreulich bei Euch, bis auf die Kälte, die, wie ich in den Zeitungen lese, in ganz Europa wütet.

Mir geht es zur Zeit schlecht. Zumindest habe ich im rechten Bein Krampfadern, die mir viel zu schaffen machen. Das holt man sich, schindet man sich in diesen traurigen Regionen ab!

Und zu den Krampfadern kommt noch Rheuma. Dabei ist es hier nicht kalt; es liegt vielmehr am Klima. Seit fünfzehn Nächten habe ich nicht eine Minute die Augen zugemacht, so sehr schmerzt das verdammte rechte Bein. Ich ginge gern fort von hier, und ich glaube, die Hitze in Aden täte mir gut, aber man schuldet mir eine Menge Geld, und so kann ich nicht weg, ich würde alles verlieren. Ich habe aus Aden einen Stützstrumpf angefordert, aber ich bezweifle, dass ich so etwas finden lässt.

Tu mir also diesen Gefallen: kauf mir einen Stützstrumpf, für ein langes dürres Bein (Schuhgröße ist die 41). Der Strumpf muss bis übers Knie gehen, denn über der Kniekehle habe ich eine Krampfader. Stützstrümpfe sind aus Baumwolle oder aus gewirkter Seide mit elastischer Verstärkung, um die angeschwollenen Venen zu stützen. Die aus Seide sind die besten und festesten. Viel kosten sie nicht, denke ich. Außerdem gebe ich Dir das Geld zurück.

Inzwischen halte ich das Bein gewickelt.

Schick sie gut verpackt per Post an Monsieur Tian in Aden, er wird sie bei der ersten Gelegenheit für mich mitgeben.

Diese Stützstrümpfe gibt es vielleicht in Voiziers. Auf jeden Fall kann der Hausarzt gute kommen lassen, egal woher.

Dieses Leiden haben mir meine Gewaltritte eingebracht, und genauso die Gewaltmärsche. Wir haben hier ein Labyrinth von schroffen Bergen, da hält man sich auch nicht zu Pferde. Nirgends Straßen und nicht einmal Pfade.

Die Krampfadern sind nicht bedrohlich für Leib und Leben, aber sie machen jede körperliche Anstrengung unmöglich. Sie sind eine echte Plage, denn von den Krampfadern kommen offene Stellen, trägt man keine Stützstrümpfe, dabei ertragen nervöse Beine sie nicht gut, besonders nachts. Außerdem habe ich rheumatische Schmerzen in diesem blöden rechten Knie, die eine Qual sind, immer nachts treten sie auf! Dabei, man stelle sich vor, haben wir jetzt zu dieser Jahreszeit, die hier der Winter ist, niemals weniger als 10° über (nicht unter) Null. Aber es weht vor allem ein trockener Wind, der für alle Weißen abträglich ist. Selbst junge Leute aus Europa zwischen 25 und 30 Jahren bekommen Rheuma, wenn sie zwei oder drei Jahre hier sind!

Das schlechte Essen, das ungesunde Quartier, zu leichte Kleidung, Sorgen aller Art, Monotonie, das ewige Wüten der Dummköpfe und Kanaillen von Negern untereinander, all das hat, in kürzester Zeit, seine starken Auswirkungen auf Moral wie Gesundheit. Ein Jahr hier, das ist wie fünf Jahre anderswo. Man wird schnell alt, hier wie überall im Sudan.

Wenn Sie mir antworten, so geben Sie mir Bescheid in Bezug auf meinen Militärdienst. Muss ich welchen ableisten? Erkundigen Sie sich und schreiben Sie mir wieder.

Rimbaud

MME RIMBAUD AN IHREN SOHN

Roche, 27. März 1891

Arthur, mein Sohn,

ich schicke Dir gleichzeitig mit diesem Brief ein Päckchen, darin sind ein Töpfchen mit Salbe, um damit die Knie einzureiben, und zwei Gummistrümpfe, die in Paris gemacht wurden. Es schob sich um ein paar Tage hinaus, weil der Doktor wollte, dass der eine Strumpf geschnürt werden kann, aber da hätten wir noch länger warten müssen, ich schicke sie Dir also, wie ich sie haben konnte.

Ich lege diesem Brief die Verordnung und die Anweisungen des Doktors bei. Lies sie gut und mach genau, was er sagt, Du brauchst vor allem Ruhe. Und zwar nicht Ruhe im Sitzen, sondern im Liegen, weil, so sagt er und so entnimmt er es Deinem Brief, Dein Leiden für die Zukunft ein beunruhigendes Ausmaß erreicht hat. Wenn Deine Strümpfe zu kurz sind, so kannst Du die Sohle aufmachen und den Strumpf so weit hochziehen, wie Du willst. Doktor Poupeau hatte einen Schwager, Monsieur Caseneuve, der lange als Marineinspektor in Aden gelebt hat; wenn Du etwas Vorteilhaftes über diesen Herrn hörst, so tust Du gut, es mir mitzuteilen, es würde den Doktor freuen. Monsieur Caseneuve ist vergangenes Jahr in der Nähe von Madagaskar gestorben und hat ein Vermögen hinterlassen, gestorben ist er an Fieber.

Isabell geht es besser, aber noch nicht gut. Wir haben noch immer Winter, es ist sehr kalt, das Getreide ist ganz und gar verloren, nichts ist zu retten, folglich allgemeine Trostlosigkeit, was soll werden, keiner weiß es.

Auf Wiedersehen, Arthur,

und vor allem, pflege Dich gut, und schreib mir, sobald Du meine Sendung erhalten hast.

V[euve] Rimbaud

RIMBAUD AN SEINE MUTTER

Aden, 30. April 1891

Liebe Mutter,

ich habe die beiden Strümpfe und Ihren Brief gut erhalten, habe sie aber unter traurigen Umständen erhalten. Weil mein rechtes Knie immer mehr anschwoll und wegen des Schmerzes im Gelenk beschloss ich, zur Küste aufzubrechen, auch weil ich kein Heilmittel und keinen Rat fand, denn in Harar ist man mitten unter Negern und weit und breit kein Europäer. Ich musste die Geschäfte aufgeben, was nicht ganz einfach war, denn ich hatte an allen Ecken Außenstände; doch zu guter Letzt gelang es mir, fast alles zu regeln. Ich war in Harar schon an die zwanzig Tage zum Liegen gezwungen, und es war mir unmöglich, auch nur eine einzige Bewegung zu machen, dabei litt ich an heftigen Schmerzen und schlief keine Nacht. Ich mietete sechzehn schwarze Träger, je einen zu 15 Thalaris, von Harar nach Zeilah; ich ließ eine Trage mit einem Zeltdach herstellen, und auf ihr habe ich in zwölf Tagen die 300 km Wüste geschafft, die zwischen den Bergen von Harar und den Hafen von Zeilah liegen. Ich brauche Ihnen nicht zu sagen, wie schrecklich ich unterwegs gelitten habe. Ich konnte nicht einen Schritt weg von der Bahre tun; mein Knie schwoll zusehends an, und der Schmerz wuchs und wuchs.

Hier dann bin ich ins europäische Spital gegangen. Für zahlende Kranke gibt es nur ein Zimmer: ich hab es. Der englische Arzt, dem ich mein Knie zeigte, rief erschrocken, das sei eine hochgradig gefährliche Gelenkschleimhautentzündung auf Grund der Anstrengungen, und weil es an Pflege gefehlt habe. Er sprach gleich davon, das Bein zu amputieren; schließlich beschloss er, noch ein paar Tage abzuwarten, ob die Schwellung nicht unter der Behandlung ein wenig zurückgehe. Seither sind sechs Tage vergangen, aber nichts von Besserung, außer dass, da ich ruhiggestellt bin, die Schmerzen sehr abgenommen haben. Sie wissen sicher, dass die Schleimhautentzündung eine Erkrankung der Flüssigkeit im Kniegelenk ist, das kann erblich sein, von einem Unfall herrühren oder viele andere Ursachen haben. In meinem

Fall wurde sie sicher durch die Strapazen zu Fuß und zu Pferde in Harar hervorgerufen. Bei dem Zustand, in dem ich jetzt bin, darf man nicht hoffen, dass ich vor zumindest drei Monaten gesunde, und das unter den günstigsten Umständen. Ich liege lang, das Bein gewickelt, umwickelt, gebunden, festgebunden, so dass ich es nicht bewegen kann. Ich bin zum Skelett geworden: angsteinflößend. Mein Rücken ist vom Liegen ganz wund; ich schlafe keine Minute. Und hier ist die Hitze schon sehr stark. Das Essen im Hospital, das ich doch ganz schön teuer bezahle, ist sehr schlecht. Ich weiß nicht, was tun. Andererseits habe ich meine Angelegenheiten mit meinem Sozius, M(onsieur) Tian, noch nicht zu Ende gebracht. Das wird nicht vor etwa acht Tagen erledigt sein. Ich werde von diesem Geschäft ungefähr 35 000 Franc haben. Ich hätte mehr haben können; doch wegen meines unglückseligen Aufbruchs verliere ich einige tausend Franc. Mir ist danach, mich zu einem Dampfer tragen zu lassen, um mich in Frankreich einer Behandlung zu unterziehen, die Fahrt würde mich ablenken. Und in Frankreich sind die Behandlung und die Medikamente billig, und die Luft ist gut. Es ist also sehr wahrscheinlich, dass ich kommen werde. Die Dampfer nach Frankreich sind jetzt nur dummerweise immer besetzt, weil alle aus den Kolonien um diese Jahreszeit nach Hause fahren. Und ich bin ein armer Kranker, der sehr vorsichtig *transportiert* werden muss. Nun, ich werde mich in etwa acht Tagen entscheiden.

Doch erschrecken Sie sich über all dies nicht. Bessere Tage werden kommen. Aber dies ist doch ein trauriger Lohn für so viel Arbeit, Entbehrung und Mühsal! Ach, was ist unser Leben elendiglich!

Ich grüße Sie von ganzem Herzen.

Rimbaud

PS Was die Strümpfe angeht, sie sind überflüssig. Ich werde sie irgendwo verkaufen.

RIMBAUD AN SEINE MUTTER UND SEINE SCHWESTER

Marseille, (Donnerstag, 21. Mai 1891)

Liebe Mutter, liebe Schwester,

nach schrecklichen Leiden und weil ich mich in Aden nicht kurieren lassen konnte, habe ich das Schiff der Postlinie genommen, um nach Frankreich zurückzukehren.

Gestern bin ich, nach dreizehn Tagen voller Schmerzen, angekommen. Da ich mich bei der Ankunft hier äußerst schwach fühlte und die Kälte mir zusetzte, musste ich das Hospital Mariä Empfängnis aufsuchen, wo ich zehn F(ranc) am Tag bezahle, einschließlich des Arztes. Es geht mir sehr schlecht, sehr schlecht, ich bin nur noch ein Skelett wegen dieses kranken linken Beines*, das jetzt riesig ist und wie ein riesiger Kürbis aussieht. Es handelt sich um eine Knieschleimhautentzündung, um Gelenkguss und mehr, um eine Krankheit des Gelenks und der Knochen.

Das wird sehr lange dauern, falls nicht Komplikationen sogar dazu zwingen, das Bein abzunehmen. So oder so, ich bleibe ein Krüppel. Aber was mich auch erwartet, ich bin im unklaren. Das Leben ist mir unmöglich geworden. Wie unglücklich ich doch bin! Wie unglücklich geworden!

Ich habe hier einen Wechsel über 36 800 Franc, einzulösen bei der Nationalen Diskonto-Kasse von Paris. Aber ich habe keinen, der sich damit abgibt, dieses Geld anzulegen. Ich selbst kann keinen einzigen Schritt aus dem Bett tun. Ich habe das Geld noch gar nicht abholen können. Was tun. Was für ein trauriges Leben! Könnt Ihr mir in keiner Weise helfen?

Rimbaud
Hospital Mariä Empfängnis, Marseille

* Gemeint ist das rechte Bein, wie zahlreiche frühere Angaben Rimbauds beweisen.

TELEGRAMM RIMBAUDS AN SEINE MUTTER

Marseille, (22. Mai 1891)
2 Uhr nachts aufgegeben

Erwarte Dich oder Isabelle mit Schnellzug heute in Marseille. Montag vormittag Beinamputation. Lebensgefahr. Wichtige Dinge zu regeln. Arthur. Hospital Mariä Empfängnis. Antworten. Rimbaud

TELEGRAMM VON MME RIMBAUD AN IHREN SOHN

Arthur Rimbaud, Hospital Mariä Empfängnis, Marseille.
Attigny-334-15-22-. 6 Uhr 35 a(bends).

Ich komme. Ankunft morgen abend. Mut und Geduld.
V[euve] Rimbaud

Übertragen von Helgard Rost

KARLHEINZ BARCK

Rimbauds unbedingte Modernität

> »– Die Welt verändern –, hat Marx gesagt; – das Leben ändern –, hat Rimbaud gesagt: diese beiden Losungen – für uns sind sie nur eine.«
>
> *(André Breton, Juni 1935)*

> »Alle, so viele wir auch sein mögen, ob wir nun so oder so schreiben, ob wir untereinander zerrissen, uneinig, verfeindet sein mögen, haben dennoch den gemeinsamen Nenner, der unsere Träume bestimmt, den ewig jungen Rimbaud.«
>
> *(Louis Aragon, 1947)*

> »aber rimbaud (gewichen aus meiner stimme) / wo sind wir denn jetzt sag wer / ersäufte was wir sangen?«
>
> *(Wolfgang Hilbig, 1969)*

Rimbaud war Rebell. Einer, der seine eher sanftmütige Natur gegen Erniedrigung und Depravation panzerte, *der* auf Veränderung für sich und andere aus war und nach dem Geheimnis suchte, »das Leben zu ändern«. Benjamin Fondane, der Poet aus Rumänien, hat ihn als »Rebell vor jeglicher Erfahrung« beschrieben und 1933 in Paris als Voyou, als Strolch imaginiert, als »Individuum mit liederlichen Sitten, das normalerweise auf der Straße lebt«. Der von Neugier und Entdeckergeist getriebene Rimbaud verkörpert für Fondane eine vegetabilische Existenz: »Rimbaud schreitet in *Mutationen* voran: kaum ist der Stamm gesetzt, treibt er Blätter, kaum wachsen die Blätter, verwandeln sie sich schon in Blüten, die es eilig haben, reine Früchte zu werden. Die Zwischenstufen, die Übergänge, alles Ungefähre, alle Zustände des Sich-im-Werden-Befindens sind übersprungen worden; daher werden wir nie wissen, ob diese Frucht einmal jene Blüte war, die dieser vorausging, ob Kirschen auf dem Kirschbaum wachsen oder Kürbisse.« Der »Mythos Rimbaud«, den René Etiemble in glänzender Weise demontiert hat, umspielte in immer neuen Varianten die Verabschiedung des Zwanzigjährigen von der Lite-

ratur als Verstummen und Versiegen eines poetischen Genies. Die Fassetten des Mythos bildeten die Stationen in Rimbauds Leben nach 1875. Seine Reisen führten ihn nach London, Milano und auch nach Deutschland, wo er sich im Januar 1875 in Stuttgart über eine Zeitungsannonce als Französischlehrer anbot: »Ein Pariser, 20 J[ahre] alt, wäre geneigt, mit Lernbegierigen Personen die deutsche Sprache gegen die französische zu studiren [sic]. Briefe au A. Rimbaud/Hasenbergstr. 7, Stuttgart«. Als Söldner der holländischen Kolonialarmee verdingte Rimbaud sich nach Indonesien, desertierte und fuhr als Matrose auf einem englischen Schiff zurück nach Europa. Als Übersetzer ging er nach Alexandrien und Zypern. Ab 1880 schließlich bis zu seinem Tod am 10. November 1891 lebte er als Zwischenhändler einer französischen Kaffee-Import-Firma in Aden und Harar, wo er 1885 eine viel umrätselte Karawane für den Verkauf von Waffen an den König Ménélik von Choa organisierte. Die ausführlichen Briefe an die Mutter über das abenteuerliche Leben in einer von Kolonialismus und Stammeskriegen geprägten ostafrikanischen Welt waren immer wieder Quelle von Spekulationen. Hinter den Legenden steht das Bild von einer zerrissenen Künstlerexistenz, die Vorstellung von Rimbaud als »klassischem Gammler« oder einem Beispiel für die Verwandlung enttäuschter Literaten in Vagabunden. Die Vita Rimbauds wurde als Beweis für den unüberbrückbaren Gegensatz zwischen Literatur und Leben gelesen. Die umfangreiche Korrespondenz, die Rimbaud in den afrikanischen Jahren führte, und die Berichte, die er an die französische Geografische Gesellschaft sandte, zeigen ihn als einen geografischen Entdecker und Anthropologen, als *voyageur et explorateur,* der mit Briefen und Berichten eine andere literarische Form und ein anderes Medium als die Poesie der Pariser Jahre benutzte, um sich mit den kulturellen und sozialen Gegebenheiten in Ostafrika am Roten Meer vertraut zu machen. Alfred Bardey, der Geschäftsführer der Kaffeefirma und Rimbauds Chef in Aden, hat in seinen Memoiren ein Porträt Rimbauds aus diesen Jahren überliefert: »Dubar erzählt mir dann von einem jungen Mann, den er in seinen Werkstätten beschäftigt, wo der Kaffee sortiert wird. Dieser enthält, nachdem er von den Arabern gekauft wurde, noch verschiedenste Abfälle und Verunreinigungen, die abgetrennt werden müssen, aber noch einen gewissen

Wert haben. Diese Arbeit wird von Inderinnen gemacht, zumeist Frauen von Soldaten aus dem indischen Eingeborenenregiment, das hier zusammen mit dem englischen Bataillon eine gemischte Truppe bildet. Für den Transport der Waren und die mit dicken Schnüren genähten Säcke sind die *hamal* [arabische Lastenträger] zuständig. Die Leitung dieser Werkstätten, die wegen der versammelten Sortiererinnen *Harim* genannt werden, benötigt einen europäischen Angestellten. Seit einigen Wochen ist dies der fragliche junge Mann namens Arthur Rimbaud. Er ist ein großer, sympathischer Junge, der wenig spricht und seine knappen Erklärungen mit kurzen, schneidenden Bewegungen der rechten Hand im Gegenrhythmus begleitet. Er ist fünfundzwanzig, in Dole (Jura) geboren und kommt von Zypern, wo er eine Mannschaft von Steinbrucharbeitern befehligte. Die Firma gab die Ausbeutung auf, deshalb ging er auf ein Schiff, das die Häfen des Roten Meeres abklapperte, in der Hoffnung, in einem von ihnen eine Anstellung zu finden. [...] Dubar ist mit Rimbaud sehr zufrieden, er spricht schon genügend Arabisch, dass er seine Befehle in dieser Sprache geben kann, was ihm bei seinem eingeborenen Personal Achtung verschafft; dennoch bezeichnet es ihn mit *Karani* (in wörtlicher Übersetzung *der Böse*), diesen Namen geben sie jedem untergebenen Direktor, er mag in Wahrheit ein noch so guter Mensch sein.«

Hartnäckig haben sich Vorurteile gehalten und die Einsicht erschwert, dass Rimbaud schon mit seinem poetischen Werk einen möglichen Weg zur Überwindung einer starren Entgegensetzung von »Poesie« und »Literatur« gewiesen hatte. »Changer la vie«, das Leben ändern, hieß für Rimbaud auch die Sprache der Literatur verändern. Der Satz in der *Saison en enfer*, »die Kunst ist eine Dummheit«, war auf eine vom Leben isolierte Kunst gemünzt. Von einer Zurücknahme des poetischen Werks durch seinen eigenen Schöpfer kann darum keine Rede sein. Brecht sah in einer solchen Verklärung Rimbauds einen »der dümmsten Gegensätze, die man konstruieren kann. Die Kühnheit, das Leben in der Form der Literatur zu genießen, ist doch zumindest so revolutionär und mindestens so schwierig wie die so maßlos bewunderte, die der ältere Rimbaud ihr vorzog aus irgendwelchen Gründen. Allerdings ist es diesem Mob nicht gegeben, diese Kühnheit zu begreifen. Es wäre dazu nötig, etwas von Literatur zu verstehen.«

Unter den Gründen für den Bruch des »älteren« Rimbaud mit der Literatur, auf den Brecht anspielt, gibt es einen gewichtigen, der die Wende in Rimbauds Leben auch als Folge des Boykotts einer für die etablierten Literaten der Pariser Szene schockierenden, vollkommen neuartigen Dichtung verständlich macht: Bis auf einige wenige Ausnahmen hat Rimbaud sein gesamtes Werk für die Schublade geschrieben. 1873 bereitete er selbst die *Saison en enfer* bei einem Brüssler Verleger zum Druck vor, die Auflage, 500 Exemplare, kam aber nicht zum Verkauf, weil Rimbaud die vereinbarte Finanzierung nicht leisten konnte. Außer einigen Freunden blieb der Text den Zeitgenossen unbekannt. Erst als Paul Verlaine im Oktober/November 1883 in der Pariser Zeitschrift *Lutèce* die von ihm konzipierte Serie über *Les poètes maudits*, über *Die verfemten Dichter*, präsentierte und unter diesem Label, das auf eine Selbstbezeichnung Rimbauds aus dessen *Aufenthalt in der Hölle* zurückgeht, zusammen mit Texten von Tristan Corbière und Mallarmé auch sechs Gedichte von Rimbaud vorstellte, wurde Rimbaud der Öffentlichkeit bekannt. 1884 gab Verlaine die um weitere Autoren ergänzte Serie unter dem gleichen Titel als Broschüre heraus. Zwei Jahre später, 1886, veröffentlichte die Zeitschrift *La Vogue* achtundvierzig Texte der *Illuminationen*, ein Ereignis, von dem der seit 1880 in Äthiopien tätige Rimbaud nichts erfuhr. Erst nach seinem Tode erschienen 1892 und 1895 die ersten umfangreicheren Ausgaben seines Werkes. Als 1886 die junge Schule der *Décadents* auf Vorschlag Verlaines Rimbaud zu ihrer Leitfigur erwählte, hielt man ihn allgemein für tot oder für verschollen.

Unter dem Signum eines »poète maudit« also, eines verfemten Dichters, wird Rimbaud von den literarischen Bewegungen des Fin de Siècle rezipiert – zehn Jahre nachdem er seine eigenen intensiven und vergeblichen Bemühungen, im literarischen Leben Fuß zu fassen, mit dem später mystifizierten Abschied von der Literatur quittiert hatte. Die Umstände, die dazu führten, sind prosaischer, als es die glanzvollen Legenden über »die tragische Rebellion des Menschen der großen Anlage gegen die Unvollkommenheit der Welt« (Alfred Wolfenstein, 1930) wollen. Zweimal wandte sich Rimbaud an Théodore de Banville, das Haupt der *Parnassiens*, und schickte ihm Gedichte mit der Bitte, diese in der Zeitschrift *Le Parnasse Contemporain* zu veröffent-

lichen. »Man kennt mich nicht; was macht das schon? Die Dichter sind Brüder. Diese meine Verse glauben; sie lieben; sie hoffen; das ist alles.« Rimbauds Ersuchen blieb ohne Erfolg. Nicht anders erging es ihm in Paris, als er alles daransetzte, dort literarisch Fuß zu fassen. Man fand den verstockt wirkenden, aggressiven Poeten aus der Provinz auf die Dauer unerträglich. Rimbaud war enttäuscht von der Selbstgefälligkeit, die ihm in den Pariser Künstlerkreisen entgegentrat. Er besuchte zuweilen den *Cercle zutique*, einen Literaten- und Künstlerklub der avantgardistischen *Parnassiens*, die sich in der dritten Etage des Hôtel des Etrangers in der Rue Racine, Ecke Boulevard Saint-Michel, versammelten. Hier erregte Rimbaud durch seine brillanten Pastiches und Parodien ebenso Aufsehen wie Neid und Ärger der betroffenen etablierten Literaten. Man schätzte es nicht, dass Rimbaud ein schlechtes Gedicht einfach beschissen nannte, den angesehenen Edmond Lepelletier als »Tintenpisser« bezeichnete und Verlaine als »Loyola« diffamierte. Auf die meisten dieser - zumindest einigermaßen - arrivierten Literaten der Pariser Boheme, für die ihr elitäres Dasein im Elfenbeinturm die Konsequenz ihrer antibürgerlichen Revolte des »épater le bourgeois« bildete, wirkte Rimbauds Gegenwart und seine Haltung wie ein lebendiger Gegensatz. Dazu trug auch eine politische Frage bei: die unterschiedliche Haltung zur Pariser Kommune. Außer Rimbaud, Jules Vallès, Verlaine, Villiers de L'Isle-Adam und Victor Hugo, die auf verschiedene Weise mit der Kommune sympathisierten, standen ihr die meisten der zeitgenössischen französischen Schriftsteller offen feindlich oder verständnislos gegenüber.

Rimbaud aber, der Rebell, war glühender Kommunarde. Die Legende schreibt ihm sogar zu, Autor einer kommunistischen Verfassung zu sein. Sein Hass auf die Ordnung des Zweiten Kaiserreichs entsprang nicht elitärer Selbstbestätigung. Er forderte die Veränderung dieser »miserablen Ordnung«, um das Leben ändern zu können. Sein erster höchst fragwürdiger Biograf Paterne Berrichon, der Ehemann seiner Schwester Isabelle, wollte ihn zum »gekreuzigten Schriftsteller« stilisieren. Den neuen Ton von Rimbauds Poesie erkannten außer Verlaine und Mallarmé nur wenige - so beispielsweise Laurent de Gavoty, der Herausgeber von *La France Moderne*, der Rimbaud ein Jahr vor

dessen Tod am 10. November 1891 als das »Haupt der dekadenten und symbolistischen Schule« in Frankreich feierte.
Die Surrealisten dann sahen ihn als Zeitgenossen der Pariser Kommune, die ein »neuer Ausgangspunkt von welthistorischer Wichtigkeit« (Karl Marx) war. Der Aufstand der Pariser Kommunarden und ihre Niederlage werden als geschichtlicher Index von Rimbauds Œuvre begriffen, dessen Spuren all seine Texte durchziehen.
Das Werk des frühreifen Dichters, Musterschüler seiner Klasse und brillanter Kenner der klassischen Rhetorik, ist in nur fünf Jahren entstanden, zwischen 1870 und 1875. Im Alter von fünfzehn bis neunzehn Jahren erarbeitete Rimbaud Dichtungen, die nicht nur der französischen Poesie ganz neue Möglichkeiten erschließen sollten, sondern »eine kopernikanische Wende der modernen Dichtung« (Werner Krauss) überhaupt einleiteten. Nach der Verklärung Rimbauds zum »Magier, der mit Arkanen die Träume der Zukunft findet« (Stefan Zweig), wie sie der Expressionismus vornahm, war Walter Benjamin in Deutschland einer der Ersten, der in seinem Essay *Der Sürrealismus* (1929) Rimbauds Poesie als »erste[n] Versuch« begriff, »dem Kollektiv in der Dichtung Rechnung zu tragen«. Am Anfang steht die Revolte gegen die erdrückende Spießerwelt der Familie und der französischen Provinz. Der Verhaltenskodex der Mutter, einer verwitweten Offiziersgattin und autoritären Megäre, der »mother«, wie Rimbaud sie nennt, überschattet seine ganze Kindheit. Später, in Afrika, ändert sich sein Verhältnis zu ihr: Vitalie Rimbaud wird neben der Schwester Isabelle zur wichtigsten Gesprächspartnerin seiner Korrespondenz. Charleville, Rimbauds Heimatstadt in den Ardennen, ist ihm unter allen Provinzstädten »übermäßig idiotisch«. Er verabscheut den »patrouillotisme«, den militanten Nationalismus ihrer Bürger, die während des Deutsch-Französischen Krieges ihre Feigheit hinter patriotischen Parolen verstecken und im entscheidenden Moment versagen. An den zwanzigjährigen Lehrer und Freund Georges Izambard schreibt er im November 1870: »Ich sterbe, ich verfaule in der Plattitüde, in der Übelkeit, im Grau-in-Grau. Was wollen Sie, ich hab mir die Verehrung der freien Freiheit in den Kopf gesetzt.«
Rimbaud bricht ständig aus, ist ständig in Bewegung. Er fährt als blinder Passagier nach Paris, wird als Spion verdächtigt und fest-

gesetzt. Freigelassen, wandert er zu Fuß durch die von preußischen Truppen besetzten Gebiete zurück nach Charleville. Er macht sich mit der Bewaffnung der Nationalgarde vertraut und protestiert öffentlich gegen deren Unzulänglichkeit. Das ewige Unterwegssein wird zu einem konstanten Zug im Leben des »Mannes mit den Windsohlen«, wie Verlaine ihn treffend genannt hat. Das Motiv des Aufbruchs, der Reise und der Erkundung, ist eine Lebensmaxime, die in vielen seiner Gedichte aus dem Jahre 1870 auftritt. Rimbaud notiert Eindrücke, Bilder und Erlebnisse seines Lebens »auf den großen Straßen« - so in *Mein Zigeunerleben,* einem seiner schönsten Gedichte. Er imaginiert Kriegsszenen, wie in dem auf einen neuartigen poetischen Überraschungseffekt hin komponierten *Der Schläfer im Tal.* 1871 dann beginnt er Gedichte zu schreiben, die von anarchischen Ansichten inspiriert sind. Mit wachem Bewusstsein nimmt er an der politischen Entwicklung Anteil. Am 25. Februar macht Rimbaud sich erneut auf den Weg in die Hauptstadt. Er bleibt bis zum 10. März und erlebt Paris, »das einzige ernstliche Hindernis auf dem Weg der konterrevolutionären Verschwörung« (Marx), am Vorabend des Aufstandes. Von der Erhebung des Volkes von Paris am 18. März 1871 erfährt Rimbaud zwei Tage später in Charleville. »Es ist soweit! die Ordnung ist besiegt!«, lautet sein Kommentar in einem Brief an den Freund Ernest Delahaye. Rimbauds *Pariser Kriegsgesang,* dieser *Psalm der Aktualität* (Volker Braun), ist ein Hymnus auf das kämpfende Paris und zugleich ein Pamphlet gegen die Versailler, die seit dem 2. April die Pariser Banlieu im Süden bombardierten: »Schaut her, was sie säen, genießt / Der Gäste lieb Frühlingschanson!«

Die Hände der Jeanne-Marie besingt die heroischen Taten der Frauen des Volkes, die die Barrikaden auf der Place Pigalle, der Place Blanche und in Batignolles verteidigten: »Au grand soleil d'amour chargé«, ein Vers, den Luigi Nono vertont hat. Die letzten beiden Strophen dieses Gedichts, das nach der Blutwoche entstanden ist, verweisen auf die grauenhaften Repressionen und die täglichen Gefangenenkonvois (die Pontons im Schlussvers des *Trunkenen Schiffs*), in denen die Versailler die an den Händen gefesselten Kommunarden abschleppten. Über den Heldenmut der Pariser Frauen besitzen wir ein Zeugnis von Rimbauds Zeitgenossen Karl Marx: »Die Kokotten hatten die

Fährte ihrer Beschützer wieder gefunden – der flüchtigen Männer der Familie, der Religion und vor allem des Eigentums. An ihrer Stelle kamen die wirklichen Weiber von Paris wieder an die Oberfläche – heroisch, hochherzig und aufopfernd wie die Weiber des Altertums.«

Das große revolutionäre Gedicht, in dem der Dichter als Kommunarde mit dynamischer Gewalt Anklage erhebt, ist *Die Pariser Orgie.* Die zurückkehrenden Krautjunker stürzen sich in feiger Barbarei auf Paris, das Rimbaud als Frau imaginiert. Hier kündigt sich etwas Neues an. Der Dichter, der sich mit dem arbeitenden, kämpfenden, blutenden Paris identifiziert, wird nicht mehr länger schweigen: »L'orage te sacra suprême poésie.« Im gescheiterten Befreiungsversuch, in der Enttäuschung auch der eigenen revolutionären Hoffnungen, bleibt die Utopie von einer neuen Gesellschaft lebendig, als deren »ruhmvollen Vorboten« Karl Marx die Pariser Kommune analysiert hat. Die einmal in Freiheit gesetzten neuen Elemente wirken weiter – auch in der Poesie und durch die Poesie. Rimbauds Dichtung verleiht diesen Elementen eine dauerhafte Form, wodurch der gescheiterte Befreiungsversuch in der Literatur gleichsam nachgeholt wird.

Die neue Dichtung, die Rimbaud zu schreiben beginnt, gründet sich auf eine neue Dichtungstheorie. In den beiden berühmten Voyant-Briefen vom 13. und 15. Mai 1871 hat Rimbaud diese poetische Konzeption beschrieben. Sie geht aus vom Bekenntnis des Dichters zur Poesie als einer eigenständigen, unverwechselbaren Weise der Wahrheitsfindung. Die Subjektivität des Dichters, seine Visionen, müssen in ihrer unbedingten Authentizität poetisch fixiert, *notiert* werden, wie Rimbaud schreibt, damit der Leser das Unsichtbare zu sehen bekommt. Diese »objektive Dichtung« sagt sich los von Formen einer »subjektivistischen Dichtung«, die – sich auf die Romantik berufend – Poesie als Ausdruck unkontrollierbarer Gefühle begreift. Im Brief an den Lehrer Georges Izambard schreibt Rimbaud am 13. Mai 1871 Sätze, in denen hinter der Solidarisierung mit den Pariser Arbeitern der Gedanke an eine neue Dichtung aufblitzt: »Vielleicht werde ich eines Tages, wie ich hoffe – und viele andere hoffen dasselbe –, in Ihrem Grundsatz die objektive Dichtung sehen [...]! Ich werde ein Arbeiter sein: Das ist die Überlegung, die mich hier zurückhält, auch wenn ein furchtbarer Zorn mich in die Schlacht von

Paris treibt – wo ja noch immer so viele Arbeiter sterben, während ich Ihnen hier schreibe! Jetzt arbeiten? Niemals, niemals. Ich streike!«

Im Mittelpunkt der Dichtungskonzeption von Rimbaud steht daher auch nicht das Gefühl *(sentiment)*, sondern der Sinneseindruck *(sensation)*. Die imaginative Freisetzung aller Sinne, die darauf abzielt, ein Höchstmaß an Empfindungsfähigkeit zu erreichen, korrespondiert mit einer Sprachbewusstheit, die das sprachliche Material als Mittel zur Erschließung der Beziehungen zwischen den Dingen, zum Notieren von Empfindungen versteht. »Ich will ein Poet sein, und ich arbeite an mir, um aus mir einen *Seher* zu machen: Sie werden das natürlich nicht begreifen, und wie sollte ich es Ihnen auch erklären. Es geht darum, durch ein Entgrenzen *aller Sinne* am Ende im Unbekannten anzukommen. Die Leiden sind gewaltig, aber man muss stark sein, als Poet geboren, und ich habe mich als Poeten erkannt.« Der Dichter als Seher, wie Rimbaud ihn versteht, dringt durch kontrollierte Arbeit zum Unbekannten, zum Neuen vor und liefert sich nicht beliebigen Eingebungen aus. Mit Rimbaud hört die Dichtung endgültig auf, bloß Ausdruck von Gefühlen zu sein. Dichtung ist Arbeit in und an der Sprache. Rimbaud versteht den Dichter durchaus als einen Arbeiter, der seine Sinne kultiviert und deutlich sieht, was seine Mitwelt empfindet. Die Eroberung des Unbekannten ist ihm ein »Weg zum Fortschritt«, der Dichter ein »Vervielfacher des Fortschritts«. So präzisiert er seine Gedanken am 15. Mai im Brief an Paul Demeny. Dieser Brief, dem er den *Pariser Kriegsgesang* beilegt, enthält Rimbauds Programm einer »Poesie der Zukunft«, einer Zukunft, von der er sagt, dass sie eine »materialistische« Zukunft sein werde. Denn *ICH ist ein Anderer*: Dieser für Rimbauds Poetik grundlegende Gedanke bedeutet die absolute Verpflichtung des Dichters gegenüber den sein eigenes Ich determinierenden Faktoren, was – im Sinne Freuds – die Überdeterminationen einschließt. Ihm ist aber auch ein kulturrevolutionäres Moment zu Eigen, insofern als das individuelle Schicksal des Menschen und seine Einbettung in die Dimension der Geschichte in ein spannungsvolles Verhältnis treten. Dabei handelt es sich, genau genommen, schon nicht mehr um den Menschen der bürgerlichen Ideologie. Rimbaud beschäftigt die Problematik der Loslösung von jeder Art konventioneller Kultur,

Vernunft und Moral. Die revolutionäre Sprengkraft von Rimbauds Gedanken liegt gerade darin, dass er für die Dichtung eine Formel gefunden hat, die das Geheimnis (das Unbekannte und das noch nicht Gewusste) der Verkleidung aller gesellschaftlichen Verhältnisse als Verhältnisse zwischen Sachen mit den Mitteln einer neuen poetischen Sprache zu durchschauen erlaubt. Damit war zugleich ein neuer Begriff von der Autorschaft des Dichters gewonnen: Das subjektive Ich des Dichters wird zum Instrument (nicht zum Anhängsel) eines objektiven Ichs. Mit diesem zutiefst demokratischen Verständnis vom Dichter, das den romantischen Geniebegriff aufhebt, trat Rimbaud in eine solidarische Beziehung zur Mitwelt. Was dabei als unerhörte Kühnheit, ja Vermessenheit empfunden wurde, das war die Befreiung der Dichtung aus der Abhängigkeit von vorgefundenen, prästabilierten Ideen und Idealen jeder Form; ihre Situierung in dem Bereich ursprünglicher Empfindungs- und Erlebniswelten. Die »Kultivierung der Seele« durch die immer »durchdachte Entgrenzung sämtlicher Sinne« ging weit über das bis dahin vorherrschende Verständnis von Poesie hinaus. Rimbaud entzog die Dichtung ebenso entschieden dem Terror der Gesinnung des genialen Dichters wie dem Zwang der Regeln, an denen man bislang die »Produktion« von Dichtung ausgerichtet hatte. Aus dieser Einsicht heraus entwickelt und erprobt er die neuen Möglichkeiten einer *unbedingt modernen* Dichtung.

Da ist zunächst die Umgruppierung der poetischen Sprache nach optischen Gesichtspunkten. Dichtung soll *sehen* lehren. Rimbaud war nicht nur Zeitgenosse der Impressionisten, er war auch mit vielen Malern befreundet und ein begeisterter Betrachter von Karikaturen, Städteansichten und Fotografien, die durch die modernen Reproduktionstechniken zur Massenkunst geworden waren. In der Malerei seiner Zeit sah er sich den gleichen Wandel vollziehen, wie er selbst ihn für die Dichtung proklamierte: »Wir müssen der Malerei ihre alte Gewohnheit des Kopierens austreiben, um sie souverän zu machen. Statt die Objekte zu reproduzieren, hat sie Erregungen zu erzwingen mittels der Linien, der Farben und der aus der äußeren Welt bezogenen, jedoch vereinfachten und gebändigten Umrisse: eine echte Magie.« Vor diesem Hintergrund ist das berühmte Sonett *Die Vokale* zu lesen. Ihm liegt keine synästhetische Spekulation über den Zusammenhang

von Ton- und Farbskala zu Grunde, sondern die Erkundung der Produktivität sprachlicher Zeichen. Rimbaud geht es eher um die Form der Vokale als um ihre Farbe, das heißt um die Beziehung zwischen Lautform und Schriftbild, die im Französischen durch die große Menge von Homonymien, phonetisch gleich lautenden Signifikanten in unterschiedlicher Bedeutung und Schriftgestalt, besonders auffällig ist; zum Beispiel: [sã] = cent (hundert), sans (ohne), sang (Blut). Man wird sich in jedem Fall davor hüten müssen, ein Rimbaud-Gedicht auf eine eindeutige Aussage festzulegen. Denn mit der Absage an eine von vorgegebenen Ideen ausgehende Dichtung ist gerade die Vieldeutigkeit zum Prinzip kreativer Text-Leser-Beziehungen erhoben. Der Leser eines Rimbaud-Gedichts, das Visionen poetisch notieren und vermitteln will, ist aufgefordert, für sich in den Texten selbst Bedeutungen zu entdecken, indem er seine Sinne an der Sprache schärft.
In *Das trunkene Schiff,* vielleicht Rimbauds bekanntestem Gedicht, ist die poetische Konzeption des Dichters zum ersten Mal in vollem Umfang entwickelt. Wenn man bereit ist, der Poesie eine relativ eigenständige geschichtliche Entwicklung zuzugestehen, dann ließe sich sagen, dass mit diesem Text eine neue Art zu dichten beginnt. Das Gedicht, unter dem unmittelbaren Eindruck der Niederlage der Kommune geschrieben, holt den gescheiterten Befreiungsversuch in der und für die Literatur nach. Es ist ein Gedicht der Abrechnung und der Abkehr. Eine poetische Vision, die der Pariser Kommune und ihrer weltgeschichtlichen Bedeutung ebenbürtig ist. Da gibt es kein nur äußerliches lyrisches Ich mehr. Die sprachliche Bewegung, die im Rahmen der absoluten Metapher des Schiffes entfaltet wird, erzeugt eine raumbildliche Vision der Befreiung, die das Ende eines geschichtlichen Zeitalters evoziert. Hier ist poetische Sprache in eine neue Funktion eingetreten. Das Gedicht berührt keine Sachen, es erzeugt sprachliche Identitäten. So weit war bisher (den Spanier Góngora vielleicht ausgenommen) noch kaum jemand gegangen: Die Vergleichsebene der Metaphorik ist einfach weggelassen. Mit der so ermöglichten Identität zwischen Bildspender und Bildempfänger wird das Erz poetisch neuer Elemente zu Tage förderte. Das Gedicht, obwohl noch ganz im traditionellen Versmaß des Alexandriners geschrieben, wurde als Provokation aufgefasst. Banville, dem es Rimbaud geschickt

hatte, bemängelte nach der Lektüre lakonisch, das Gedicht beginne nicht: »Ich bin ein Schiff, das ...« Brecht hingegen, der selbst in der Hauspostille einen Pastiche auf *Das trunkene Schiff* veröffentlicht hatte, schrieb, dass auch Marx und Lenin, wäre ihnen der Text bekannt gewesen, »die große geschichtliche Bewegung gespürt hätten, von der es ein Ausdruck ist. Sie hätten sehr wohl erkannt, dass darin nicht der exzentrische Spaziergang eines Mannes beschrieben wird, sondern die Flucht, das Vagabundieren eines Menschen, der es in den Schranken der Klasse nicht mehr aushält, die – mit dem Krimkrieg, mit dem mexikanischen Abenteuer – beginnt, auch die exotischen Erdstriche ihren merkantilen Interessen zu erschließen.«

Der nächste Schritt, mit dem Rimbaud die Veränderung der Dichtung nach der Kommune vorantreibt, ist die Destruktion der traditionellen, klassisch-romantischen Prosodie des französischen Verses. Bis zum *Trunkenen Schiff* hatte er sich im Wesentlichen der konventionellen Prosodie bedient, vor allem des Alexandriners. Doch für die Erfüllung seiner Forderung, dass die Dichtung nicht mehr die Handlung rhythmisieren, sondern voran sein müsse – Poesie als Avantgarde! – war ihm die geordnete und genau geregelte Prosodie des französischen Verses zum Hemmnis geworden. Die Auseinandersetzung mit der Commune wurde ergänzt durch die Auseinandersetzung mit der französischen Dichtungstradition. Die neue Dichtung beginnt bei Rimbaud nicht mit dem neuen Gegenstand, sondern mit der neuen Form, mit der Form in neuer Funktion. Das Gedicht, das die Auflösung der klassischen Prosodie einleitet, ist zugleich das wohl gewaltigste von Rimbauds Gedichten der Abrechnung, der Verarbeitung der gescheiterten Kommune: *Was soll uns das, mein Herz.* Anfang 1872 geschrieben, ist es auf den ersten Blick ganz aus Alexandrinern gebaut – außer dem letzten Vers: »Nein, nichts! Hier bin ich! Bin noch immer hier!«, der als wuchtiger Kontrapunkt zur voraufgehenden Aufforderung gesetzt ist, die alte Gesellschaft zu zerstören. Doch Rimbaud hat (was freilich Nachdichtung kaum wiederzugeben vermag) in jedem Vers der sechs Strophen des Gedichts die Prosodie des Alexandriners aufgelöst. Dieser klassisch gebaute, harmonische Vers von zwölf Silben mit männlichem oder dreizehn Silben mit weiblichem Reim, der durch die feste Zäsur nach der sechsten Silbe eine zwischen zwei Ruhe-

punkten schwingende Architektonik erhält, dieser klassische Alexandriner wird von Rimbaud verabschiedet. Von da ab schreibt er im traditionellen Verständnis keine Verse mehr, das heißt Verse, die mit den beiden Hauptelementen der französischen Prosodie, Silbenzahl und Reim, ausgestattet sind. Rimbaud begründet, wie vor ihm Lautréamont und nach ihm Mallarmé auf andere Weise, eine neue Dichtung, eine Dichtung, in der mit der Aufhebung der Grenze zwischen Poesie und Prosa zugleich jede elitäre Dichtungskonzeption legitimierende Grenzmarkierung zwischen poetischer und Alltagssprache aufgehoben ist. Rimbaud hat so – in anderer geschichtlicher Situation –, konsequenter als Baudelaire, einen entscheidenden Beitrag zur Befreiung der Poesie von der Bevormundung durch die klassisch-romantische Ästhetik geleistet. Denn das dieser Ästhetik zu Grunde liegende Prinzip einer transzendentalen Einheit des Schönen, Wahren und Guten hatte aus der Sicht von Rimbauds Konzept einer visionären, auf die Entdeckung neuer Beziehungen gerichteten, sinnentfesselnden Dichtung jeden realen Bezugspunkt verloren.
Mit *Ein Aufenthalt in der Hölle*, von April bis August 1873 geschrieben, hatte der Dichter seine neue Form der Poesie gefunden, eine Poesie in gehobener Prosa, in der die neue Form zugleich Gegenstand und Mittel der Darstellung ist. Unübersehbar auch die latente dramatische Struktur des Textes, die Stückeschreiber und Regisseure immer wieder reizte – zuerst den jungen Brecht, der in *Dickicht der Städte* Zitate aus *Ein Aufenthalt in der Hölle* einmontierte, zuletzt den Belgier Henri Ronse, der den Text am Brüssler Théatre-Poème 1967 in Szene setzte. Dieses »Manifest« einer neuen Poesie wurde lange Zeit ausschließlich im Licht der skandalumwitterten homoerotischen Beziehung zwischen Verlaine und Rimbaud interpretiert. Die Hassliebe zwischen den beiden Dichtern, die am 10. Juli 1873 in einem Brüssler Hotel mit einem Revolverschuss endete und in der Rimbaud immer der Gebende gewesen war, ist jedoch keinesfalls Ausgangspunkt von *Ein Aufenthalt in der Hölle*. Schon Rimbauds Dichtungskonzeption verbietet es, das Buch als eine reine Erlebnisdichtung, als eruptive Gestaltung eines seelischen Schocks oder als Ausdruck der Verzweiflung in einer Grenzsituation zu lesen. Wir haben es mit einer genau durchkomponierten Serie

von poetischen Prosastücken zu tun, die Rimbaud selbst als *histoires atroces*, als grausige Geschichten, bezeichnet hat. In Briefen sprach er auch von »kleinen Prosageschichten«, von seinem »Heiden- oder Negerbuch«. Die Präsenz des Dichters Rimbaud in diesen »Blättern aus meinem Tagebuch eines Verdammten«, die kritische Bilanzierung der durchschrittenen Stationen, sollte verstanden werden als Verwirklichung des Gedankens, Literatur zu leben und mit dem Leben zu verbinden. In einem anderen Sinne als die Surrealisten, für die *Ein Aufenthalt in der Hölle* ein Stundenbuch war, meinte auch Rimbaud: »Das wahre Leben ist anderswo.« Aragon hat Rimbaud – als Erster – im Eingangskapitel seines Romans *Anicet oder das Panorama, Roman* (1921) personifiziert, Breton wies ihm im *Ersten Manifest des Surrealismus* (1924) und in seiner *Anthologie des schwarzen Humors* (1939) einen Ehrenplatz als Vorläufer an. Philippe Sollers dann in *Paroles de Rimbaud* (1995) und in *La Divine Comédie* (2000) sah Rimbaud mit seinem Höllenbuch in der Tradition Dantes. Die Surrealisten suchten nach der Verbindung der radikal individualisierten Menschen mit dem wirklichen Leben. Rimbaud ging es um die Vision einer neuen Gemeinschaft unter den Menschen jenseits der bürgerlichen Weltordnung. Die Solidarisierung mit der »race inférieure«, mit allen Unterdrückten, Ausgestoßenen, Kämpfenden, Verzweifelten, die dem *Aufenthalt in der Hölle* seinen großen Atem verleiht, steht auch hier wieder in nicht zu übersehendem Bezug zur Kommune. Der Dichter vereint sich mit den Föderierten, die gefesselt vor den Erschießungspelotons stehen: »Das geile Einssein, die Freundschaft der Frauen waren mir verboten. Nicht ein Gefährte. Ich sah mich einer verzweifelten Menge gegenüber, im Angesicht des Exekutionspelotons, weinend über das Unglück, das sie nicht begreifen konnten. Und ich verzieh! – Wie Jeanne d'Arc! –, Priester, Professoren, Meister, ihr irrt, wenn ihr mich der Gerechtigkeit überliefert. Nie hab ich zu diesem Volk gehört; nie war ich Christ; ich gehöre zu der Rasse, die sang, wenn sie ihr Todesurteil empfing; ich begreife die Gesetze nicht; mir fehlt der Sinn für Moral, ich bin ein wildes Tier, ihr täuscht euch. […]«

Diese Solidarisierung schärft den Satanismus des Buches, mit dem Rimbaud auch den verbreiteten »Rassentheorien« der bonapartistischen Reaktion begegnete, die das Proletariat als eine

»Klasse von Untermenschen, die aus einer Kreuzung von Räubern und Prostituierten entstanden ist« (G. de Cassagnac), bezeichnete. So sind die einzelnen *histoires atroces* Sprengsätze, die ihre bedeutungsverändernde Wirkung an den Wurzeln sprachlich versteinerter Moral- und Denkformen nicht verfehlen. Rimbaud kann sich im Bewusstsein solcher poetischen Verfügungsgewalt zu einer neuen Schönheit bekennen, von der Aragon später sagte, dass sie die Quelle eines revolutionären Schönheitsbegriffs sei: »Heute versteh ich mich darauf, die Schönheit zu empfangen.«

Von hier aus betrachtet, endet das von den Spuren des utopischen Sozialismus durchzogene Buch nicht in Resignation und einer Absage an die Dichtung. Es eröffnet ganz im Gegenteil eine Perspektive, an deren Horizont »die Geburt der neuen Arbeit, die neue Weisheit«, steht. Es ist vielleicht kein Zufall, dass Rimbaud sich einen Verdammten nennt, nachdem im Mai 1871 der Kommunarde Eugène Pottier mit seinem poetischen Manifest *Die Internationale* die »Verdammten dieser Erde« zum letzten Gefecht aufgerufen hatte. Am Ende von *Ein Aufenthalt in der Hölle* steht eine ähnliche Vision der Gerechtigkeit und des Aufbruchs: »Das ist nun der Vorabend. Nehmen wir alles auf, was an Lebenskraft und echter Zärtlichkeit naht! Und steigt das Morgenrot auf, werden wir, mit brennender Geduld gewappnet, die glänzenden Städte betreten.«

Rimbauds Forderung *Man muss unbedingt modern sein!* bedarf keiner weiteren Auslegung. Die Modernität des Dichters ergibt sich aus einer die Sprache der Dichtung revolutionierenden Perspektive, die sich stets auch mit einer inhaltlichen verbindet, weil sie die Grenzen der Kommunikation erweitert. In den nach optischen Kriterien gestalteten *Illuminationen*, die möglicherweise nach dem Vorbild farbiger Stiche *(coloured plates)* angefertigt und benannt wurden, die ihn bei seinen London-Aufenthalten zwischen 1872 und 1874 in dortigen Museen fasziniert hatten, entwickelt Rimbaud die von Baudelaire eingeführte moderne Gattung des »poème en prose« weiter. Mit Rimbaud erfüllt sich auf noch nicht gekannte Weise das Gesetz dieser Gattung, von der Baudelaire als dem »Wunder einer poetischen Prosa« träumte, »die ohne Metrum und Reim so voller Musik, so geschmeidig und erregend genug wäre, sich den lyrischen Bewe-

gungen der Seele, den Wellen des Traums und unerwarteten Sprüngen des Bewusstseins anzuverwandeln« (Vorrede zum *Spleen von Paris*). Bereits Baudelaire hatte auf den sozialen Ursprung dieser neuen poetischen Gattung hingewiesen: »Vor allem der Verkehr in den riesigen Städten und ihre zahllosen, überschneidenden Beziehungen bringen dieses verführerische Ideal hervor.« Zu den *Illuminationen* gehören auch die ersten zwei Gedichte der französischen Literatur, die in freiem Versmaß gehalten sind: *Seestück (Marine)* und *Vorwärts=Drang (Mouvement)*. Über *Mouvement* bemerkte Heidegger, als er es in einer deutschen Übersetzung gelesen hatte: »Da ist das Wesen der modernen Technik gesehen.«
Die große semantische Offenheit dieser Gedichte entspricht der Gestaltung »von Garben utopischer, künftiger oder in Verwirklichung begriffener Elemente«, wie es der Romanist Werner Krauss beschrieb. Auch hier bleibt die Kommune gegenwärtig, so etwa in dem die Sammlung eröffnenden Gedicht *Nach der Sintflut*, das in ungewöhnlichen, gewaltigen Bildern die Restauration der alten Ordnung (die feigen Hasen kehren zurück und danken Gott) imaginiert. Neu in den *Illuminationen* ist auch die poetische Auffassung der Großstadt. Die Städte, denen wir hier begegnen, sind fantastische Konstruktionen eines »ungeheuerlichen Geschmacks«, »von orphischen Flotten durchsegelt« *(Städte)*. Rimbaud zeichnet in seine Städtebilder, die nie konkret auf eine bestimmte Stadt bezogen sind, genau die Linien der sozialen Architektur moderner Städte ein, die fein säuberliche Grenzmarkierungen zwischen den Klassen darstellen. In diesen Städten »schleichen die neuen Gespenster durch dicken ewigen Kohlenstaub«, es sind Städte, in denen der »Tod ohne Tränen« ist und das »Verbrechen im Straßenkot plärrt«. In dem Gedicht *Städte* dann findet sich jene Traumstadt, deren fantastische Architektur auf eine humanisierte moderne Großstadt verweist, wo »von der Freude einer neuen Arbeit sangen Gefährten«; gleichzeitig hat Rimbaud auch die fürchterliche Anonymität und Kommunikationslosigkeit der kapitalistischen Großstadt festgehalten.
Die *Illuminationen* sind eine schwierige Lektüre für den heutigen Leser, auch für den Franzosen. Besonders kompliziert ist die Entzifferung der erotischen Metaphorik. Rimbaud, der polyglott war (er sprach fünf Sprachen und konnte sich in mehreren afri-

kanischen Dialekten verständigen), hatte sich durch genaues Studium ein reiches Material an dialektalen Ausdrücken und Elementen des Argots angeeignet und sich eine regelrechte erotische Geheimsprache geschaffen. So bezeichnet *cœur* (Herz) oft das männliche Geschlecht (z.B. in *Antik*). In dem weiblichen Namen *Hortense* des *H* überschriebenen Gedichts hat man die anagrammatische Verschlüsselung seines Themas gesehen: *THEN EROS*, aber auch ein Verweis auf die homoerotische Liebe. Die Poetik der *Illuminationen* konstituiert eine fantastische Welt, die durch das Spiel der poetischen Bezeichnungen evoziert wird, und befreit die Dichtung wie den Leser von jedem direkten (mimetischen) Bezug zur Realität. Es wäre darum widersinnig, Rimbaud umfassend auslegen zu wollen. Wir werden beginnen müssen, ihn zu lesen und eine eigene Beziehung zu ihm zu finden - zu diesem Rimbaud, den René Char den »ersten Dichter einer kommenden Zivilisation« genannt hat.

Berlin, 1988/Dezember 2002 *Karlheinz Barck*

Editorische Notiz

Die ausgewählten Texte, die etwa ein Drittel von Rimbauds poetischer Produktion ausmachen, sollen dem Leser eine Vorstellung vom Gesamtwerk des Dichters ermöglichen. Sie sind daher chronologisch angeordnet und folgen der heute von der Forschung weitgehend gesicherten Periodisierung der Werkentwicklung. *Ein Sommer in der Hölle* ist bis auf die Gedichtbeispiele in *Delirien II* vollständig abgedruckt.

Nachbemerkung zu den Übersetzungen

Die Dichter schaffen sich ihre Vorbilder selbst, sagt Borges. Ihr Motiv ist nicht Denkmalpflege, sondern Erfahrungsaustausch. »Das glänzende Sein der Sprache an den Grenzen der abendländischen Kultur« (Michel Foucault) als Widerstand gegen versteinerte Traditionen. Die Dichter zitieren die Vorbilder nicht als Kronzeugen, sie ziehen sie als Partner ins Gespräch über eigene und fremde Erfahrungen. Rimbaud ist ihnen kein aufgegebenes Pensum. Er ist der faszinierende Dichter der Grenzsituationen ohne privatisierte Lösungen, der poetischen Utopie einer »materialistischen Zukunft«, sein Werk ein Beispiel möglicher Folgen aus dramatischer Spannung zwischen individuellem und geschichtlichem Schicksal: die Flucht aus der Literatur in die Wüste als Verzweiflungstat. Aus solchen Erfahrungen zieht der Rimbaud-Mythos seine Fäden, dessen Netzwerk die Arbeit der Dichter ist.
Rimbauds Werk als »erster Versuch, dem Kollektiv in der Dichtung Rechnung zu tragen« (Walter Benjamin), wird vorbildlich erst durch den verjüngenden Dialog der nachfolgenden Autoren. Er ist immer wieder auf andere Weise Einlösung einer Hoffnung Rimbauds: »Je devins un opéra fabuleux« (Ich wurde eine Fabeloper).
Die Übersetzungsgeschichte Rimbauds in Deutschland ist ein eigenes Kapitel des Rimbaud-Mythos. Rimbaud als »Wegbereiter des Expressionismus« und Rimbaud als »deutscher Dichter unter den Franzosen« (Victor Klemperer) sind die Sichtweisen, die bis in die dreißiger Jahre die Extrempunkte der deutschen Rimbaud-Rezeption bezeichneten. Auch für die zahlreichen Neuansätze deutscher Rimbaud-Rezeption nach dem Zweiten Weltkrieg (Wilhelm Hausenstein, Gerhart Haug, F. Rieple, Friedhelm Kemp) blieb das Rimbaud-Bild der Expressionisten bestimmend, die in Rimbaud vor allem den »Märtyrer der Zivilisation« sahen

und in seinem Werk die Entlastung »vom Bürgertum und seiner abgewelkten Weltanschauung« (Paul Zech) wiederfanden. Für die erste Nachkriegsgeneration verkündete Rimbaud mit seinem Werk »wie ein Sturmvogel die existenzielle Krise unserer Epoche« (Franz Walter Müller). Ein neuer Zugang zu Rimbauds Dichtung wurde lange Zeit durch die Last des expressionistischen Rimbaud-Bildes erschwert. Die Folgen der Expressionismusdebatte der dreißiger Jahre spielten dabei eine gewichtige Rolle. Die meisten deutschen Rimbaud-Übersetzungen vor 1945 sind Ausdruck des Selbstverständnisses der literarischen Richtungen und Schulen, aus deren Mitte heraus sie entstanden. Freilich ist solche Bemühung immer auch Teil eines rezeptiven Prozesses, der vom Stand der literatursprachlichen Entwicklung, von herrschenden ästhetischen Konzeptionen und von einem Konsensus der Kritik mitbestimmt wird. Auch die übertriebene Suche nach Wahlverwandtschaft kann ihr den Weg ebnen. Es gibt jedoch kaum ewig gültige Übersetzungen, wohl aber mehr oder weniger gelungene.

In unsere Auswahl wurden einige Nachdichtungen von Schriftstellern aufgenommen, die zu den gelungensten Leistungen deutscher Rimbaud-Übersetzung gehören und die zugleich Stationen ihrer Geschichte dokumentieren.

Stefan Georges Nachdichtungen stammen aus dem Jahre 1905; K. L. Ammers zu ihrer Zeit Epoche machenden, im Geiste des Expressionismus verfassten Übersetzungen (die Brechts Rimbaud-Lektüre zu Grunde lagen) entstanden 1907 und 1921, und Alfred Wolfensteins für die Neue Sachlichkeit repräsentative Übertragungen erschienen 1930. Paul Celans Version des *Trunkenen Schiffes*, seine einzige Rimbaud-Nachdichtung, kam 1959 heraus. Sie ist vor allem auch darin bemerkenswert, dass sie durch die gelungene Wiedergabe des wohl schwierigsten Rimbaud-Gedichts besonders augenfällig die von Hugo Friedrich vertretene Meinung widerlegt, Rimbaud sei prinzipiell unübersetzbar.

Angesichts dieser weit verbreiteten Meinung mag der Leser sich anhand der verschiedenen Übersetzungsleistungen ein eigenes Urteil bilden. Der überwiegende Teil der für diese Ausgabe ausgewählten Gedichte wird ihm in neuen Nachdichtungen vorgestellt, die zu Vergleichen anregen können. Rimbaud zu übersetzen ist gewiss schwierig, aber keineswegs unmöglich. So unterschiedlich das Rimbaud-Verständnis in den neuen Nachdichtungen im Einzelnen ist, eines ist ihnen gemeinsam: die von Mystifizierungen unbelastete Zuwendung zum Werk Rimbauds. Darin erweisen sich die Nachdichter, die alle selbst Schriftsteller sind, als »Verräter« gegenüber dem Original: Sie offenbaren uns etwas von dem verborgenen Sinn der Rimbaud'schen Dichtung.

Bibliographische Hinweise

Studien zum Gesamtwerk

Balaschov, N. I.; Kudinov, M. P.; Postupal'ski, I. S., (Hrsg.): Arthur Rimbaud: Gedichte. Moskau 1982.

Brunel, Pierre: Arthur Rimbaud ou l'Eclatant désastre. Paris 1984.

Chudak, Henryk: Situation de Rimbaud en 1991. Warszawa 1995.

Etiemble, René; Gauclère, Yves: Rimbaud. Paris 1936.

Europe. Rimbaud-Sondernummer Mai/Juni 1975. Paris 1975.

Hackett, Cecil Arthur: Autour de Rimbaud. Paris 1967.

Hackett, Cecil Arthur: Rimbaud. London 1957.

Jeancolas, Claude: Le dictionnaire Rimbaud. Paris 1991.

Jouffroy, Alain: Rimbaud nouveau. Paris 2002.

Miller, Henry: The Time of the Assassins. A Study of Rimbaud. New York 1946.

Ray, Lionel: Arthur Rimbaud. Paris 1976.

Rimbaud. Paris 1968 (Collection Génies et Réalités).

Rivière, Jacques: Rimbaud. München 1979.

Ruff, Marcel: Rimbaud, L'homme et l'œuvre. Paris 1968.

Biographien

Boetius, Henning: Ich ist ein anderer. Das Leben des Arthur Rimbaud. Frankfurt am Main 1997.

Bonnefoy, Yves: Rimbaud par lui-même. Paris 1970.

Borer, Alain: Adieu à Rimbaud. Paris 1987.

d'Eaubonne, Françoise: Rebell Rimbaud. München 1959.

Jeancolas, Claude: Die Reisen des Arthur Rimbaud. München 1992.

Matarasso, Henry; Petitfils, Pierre: Vie de Rimbaud. Paris 1962.

Miller, Henry: Vom großen Aufstand (Rimbaud). Zürich 1954.

Murphy, Steve: Le premier Rimbaud ou l'apprentissage de la subversion. Lyon 1990.

Schünemann, Peter: Arthur Rimbaud. Handelsagent. Berlin 1986.

Starkie, Enid: Das Leben des Arthur Rimbaud. München 1990.

Steinmetz, Jean-Luc: Arthur Rimbaud. Paris 1999.

Steinmetz, Jean-Luc: Les femmes de Rimbaud. Cadeilhan 2000.

Zech, Paul: Jean-Arthur Rimbaud. Ein Querschnitt durch sein Leben und Werk. Leipzig 1927 (Nachdruck Rudolstadt 1986).

Der Rimbaud-Mythos

Borer, Alain; Soupault, Philippe; Aeschbacher, Arthur: Un sieur Rimbaud se disant négociant. Paris 1984.
Coelho, Alain: Arthur Rimbaud, fin de la Littérature. Paris 1995.
Etiemble, René: Le Mythe de Rimbaud. 4 Bände. Paris 1952–1967.

Rimbauds Schicksal in Afrika

Borer, Alain: Rimbaud en Abyssinie. Paris 1984.
Matucci, Mario: Le dernier visage de Rimbaud en Afrique d'après des documents inédits. Paris 1962.
Matucci, Mario: La malchance de Rimbaud. In: Critique (Paris), Nr. 231–232 (1966), S. 736–748.

Rimbauds poetisches Prinzip

Baudry, Jean-Louis: Le texte de Rimbaud. In: Tel Quel (Paris), Nr. 35 (1968), S. 46–63.
Blanchard, Marc E.: In search of the city. Saratoga 1985.
Butor, Michel: Improvisations sur Rimbaud. Paris 1989. (Deutsch: Butor, Michel: Versuch über Rimbaud. Übersetzt von Beate Thill. Aachen 1994).
Char, René: Arthur Rimbaud: Réponses interrogatives à une question de Martin Heidegger. In: René Char: Œuvres Complètes. Paris 1983, S. 727–736.
Colloque Rimbaud Adan 1994. Marseille 1995.
Eigeldinger, Marc: La voyance avant Rimbaud. In: Schaefer, Gérald: Arthur Rimbaud: Lettres du voyant (13 et 15 mai 1871). Genf, Paris 1975, S. 9–107.
Eigeldinger, Marc (Hrsg.): Etudes sur les « Poésies » de Rimbaud. Neuchâtel 1979.
Felsch, Angelika: Rimbaud. Poetische Struktur und Kontext. Bonn 1978.
Fondane, Benjamin: Rimbaud le Voyou (1933). Brüssel 1990. (Deutsch: Rimbaud der Strolch und die poetische Erfahrung. Übersetzt von Michaela Meßner, herausgegeben von Michel Carasson. München 1991).
Fowlie, Wallace: Rimbaud and Jim Morrison. Durham u. a. 1994.
Galantaris, Christian: Verlaine, Rimbaud, Mallarmé. Paris u. a. 2000.
Guyaux, André: Dix études sur une saison en enfer. Boudry-Neuchâtel 1994.
Lauxerois, Pierre: L'opéra fabuleux. Lausanne 2001.

Macklin, Gerald: A study of theatrical vision in Arthur Rimbaud's »Illuminations«. University of Ulster 1993.

Ochwadt, Curt: »Welteroberer« und Dichten im Werk Rimbauds. In: Biemel, Walter; Hermann, Friedrich-Wilhelm von, (Hrsg.): Kunst und Technik: Gedächtnisschrift zum 100. Geburtstag von Martin Heidegger. Frankfurt am Main 1989, S. 403–424.

Roubaud, Jacques: Poétique comme exploration des changements de forme. In: Change de forme: biologies et prosodies. Paris 1975, S. 74–94.

Schaefer, Gérald: Arthur Rimbaud: Lettres du voyant (13 et 15 mai 1871). Genf, Paris 1975.

Sollers, Philippe: Studio. Roman. Paris 1994.

Sollers, Philippe: Parole de Rimbaud. Paris 1996.

Wetzel, Hermann H.: Arthur Rimbaud: Après le déluge. In: Stenzel, Hartmut; Thoma, Heinz (Hrsg.): Die französische Lyrik des 19. Jahrhunderts. Modellanalysen. München 1987, S. 200–218.

Wetzel, Hermann H.: Réflexions lors d'une tentative de traduire Rimbaud en allemand. In: Sacchi, S. (Hrsg.): Rimbaud, le poème en prose et la traduction poétique. Tübingen 1988.

Wetzel, Hermann H.: Rimbauds Dichtung. Ein Versuch, »die rauhe Wirklichkeit zu umarmen«. Stuttgart 1985.

Rimbaud und die Commune

Choury, Maurice: Rimbaud – der erleuchtete Kommunarde. In: Sinn und Form, H. 4 (1971), S. 791–819.

Décaudin, Michel: Rimbaud et la Commune, essai de mise au point. In: Travaux de linguistique et de littérature. Université de Strasbourg 1971.

Gascar, Pierre: Rimbaud et la Commune. Paris 1971.

Lidsky, Paul: Les écrivains contre la Commune. Paris 1970.

Ross, Kristin: The Emergency of social space: Rimbaud and the Paris commune. In: Cultural Studies 7, 2 (1993), p. 339–341.

Thibaudeau, Jean: La Commune de Paris et la littérature en France. In: Thibaudeau, Jean: Interventions. Paris 1972, S. 163–197.

Memoiren

Delahaye, Ernest: A. Rimbaud. Reims 1905.

Delahaye, Ernest: Les Illuminations et Une Saison en Enfer. Messein 1927.

Izambard, Georges: Rimbaud. Paris 1927.

Izambard, Georges: Rimbaud tel que je l'ai connu. Mercure de France, 1946.

Rimbaud in Deutschland

Epkes, Gerwig: »Die Neckarschlacht«. Arthur Rimbaud in Stuttgart. HörSzenario (CD). Frankfurt am Main 1995.

Gsteiger, Manfred: Französische Symbolisten in der deutschen Literatur der Jahrhundertwende (1869–1914). Bern, München 1971.

Gsteiger, Manfred: Rimbaud en allemand: Klammer, Zech, Wolfenstein. In: Actes du IXᵉ Congrès de l'Association Internationale de Littérature Comparée. Innsbruck 1980, S. 377–388.

Heidegger, Martin: Rimbaud vivant. In: Heidegger, Martin: Gesamtausgabe. Bd. 13: Aus der Erfahrung des Denkens. Frankfurt am Main 1983, S. 225–227.

Zech, Paul: Rimbaud. Ein biographischer Essay und die szenische Ballade »Das trunkene Schiff«. Hrsg. von Hermann Haarmann, Klaus Siebenhaar und Horst Wandrey. Rudolstadt 1986.

Deutsche Übersetzungen

Arthur Rimbaud. Leben und Dichtung. Übertragen von K. L. Ammer. Eingeleitet von Stefan Zweig. Leipzig 1907 (erste deutsche Übertragung).

Arthur Rimbaud. Sämtliche Werke. Französisch und deutsch. Mit dem Essay *Rimbaud der erleuchtete Kommunarde* von Maurice Choury. Deutsch von Sigmar Löffler und Dieter Tauchmann. Leipzig 1976.

Arthur Rimbaud. Das poetische Werk. Übersetzt von Hans Therre und Rainer G. Schmidt. München 1979.

Verzeichnis der Quellen und Rechteinhaber

Der originalsprachige Text wurde entnommen: Arthur Rimbaud. Œuvres complètes. Edition établie, présentée et annotée par Antoine Adam Bibliothèque de la Pléiade © Editions Gallimard 1972.

Die Quellen für die übernommenen Nachdichtungen sind:

Der Schläfer im Tal und *Vokale*: Stefan George. Werke. 2 Bände. Hrsg. von Robert Boehringer. Band 2. Stuttgart: Klett-Cotta 1958, 4. Auflage 1984.

Pariser Kriegsgesang, Feste des Hungers (Übersetzung Klaus Möckel) und *Mein Zigeunerleben* (Übersetzung K. L. Ammer): Zeitschrift Sinn und Form 4, 1971.

Paris lebt auf (Übersetzung K. L. Ammer): Arthur Rimbaud. Gedichte. Wiesbaden 1954.

Das trunkene Schiff (Übersetzung Paul Celan): Arthur Rimbaud. Das trunkene Schiff. Wiesbaden 1958.

Nach der Sintflut, Kindheit und *Historischer Abend* (Übersetzung Alfred Wolfenstein): Arthur Rimbaud. Leben – Werk – Briefe. Berlin 1950.

Abfahrt (Übersetzung Gerhardt Haug): Arthur Rimbaud. Illuminationen. Hamburg 1947.

Schändungen, Texte 2 und 3 und *Vorwärts=Drang* (Übersetzung Hans Therr und Rainer G. Schmidt): Arthur Rimbaud. Das poetische Werk. München 1988.

Seher-Briefe (Übersetzung Dieter Tauchmann): Arthur Rimbaud. Sämtliche Werke. Leipzig 1976.